战斗

一位阿里巴巴销售菜鸟的逆袭

张永钢◎著

当代世界出版社

图书在版编目（CIP）数据

战斗.1，一位阿里巴巴销售菜鸟的逆袭 / 张永钢著.
—北京：当代世界出版社，2015.10
ISBN 978-7-5090-1051-8

Ⅰ.①战… Ⅱ.①张… Ⅲ.①长篇小说－中国－当代 Ⅳ.①I247.5

中国版本图书馆 CIP 数据核字（2015）第 214721 号

书　　名：	战斗.1，一位阿里巴巴销售菜鸟的逆袭
出版发行：	当代世界出版社
地　　址：	北京市复兴路 4 号（100860）
网　　址：	http://www.worldpress.org.cn
编务电话：	（010）83908456
发行电话：	（010）83908409
	（010）83908455
	（010）83908377
	（010）83908423（邮购）
	（010）83908410（传真）
经　　销：	全国新华书店
印　　刷：	北京毅峰迅捷印刷有限公司
开　　本：	710 毫米×1000 毫米 1/16
印　　张：	17.5
字　　数：	165 千字
版　　次：	2015 年 11 月第 1 版
印　　次：	2015 年 11 月第 1 次
书　　号：	ISBN 978-7-5090-1051-8
定　　价：	36.00 元

如发现印装质量问题，请与承印厂联系调换。
版权所有，翻印必究，未经许可，不得转载！

推荐序一

在阿里巴巴历史上,有一支最高峰时达到5000人的地面直销团队,由于是向外贸企业推广一款中国供应商产品,而被简称为"中供团队"。中供团队又有三个别称:"阿里奶牛"、"阿里铁军"、"阿里军校"。

"阿里奶牛",中国供应商是一个让阿里巴巴活下来的产品,也是第一个实现盈利的产品并用这个盈利哺育了阿里巴巴的中小企业内贸产品诚信通,哺育了淘宝,哺育了支付宝。2007年阿里B2B业务上市的时候,中国供应商这单一产品的利润超过了上市公司利润的70%,使B2B业务成功募集了17亿美元,成就了淘宝、支付宝的大发展,是奠定阿里巴巴成为千亿美金的公司的第一块基石。中国供应商直销团队的年会一度被称为"奶牛之夜",是名副其实的阿里集团的"Cash Cow(现金奶牛)"。

支撑这个"现金奶牛"的直销团队又被尊称为"阿里铁军"。累计有数万人在这个团队、在全国70多个城市奋战过。靠着他们手把手地帮助,分布在一线、二线、三线、四线乃至五线城市的无数个工业区和村镇角落中的外贸企业,实现了电子商务化。阿里巴巴引以为豪的

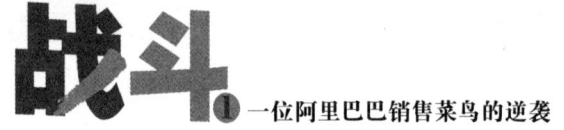

六大价值观就诞生在这支团队,"阿里铁军"是阿里巴巴价值观的源泉和根基。这支团队不愧为能够打硬仗的铁军。铁军并不是在一帆风顺的时候用来检阅的,这支铁军经历了多次的金融危机,多次市场的起伏,有过无数次像长征一样的艰难跋涉,这在每个阿里中供人身上都烙下了深深的印记,以至于两个都是做直销的,说上三句话就知道哪个是来自这支铁军的。

"阿里军校",这支铁军不仅价值观正确、执行力强,还成为了人才辈出的阿里军校,几乎阿里巴巴整个集团每一个新业务诞生时,骨干都来自这支铁军。2011年以后,阿里军校就已经不仅为阿里集团贡献人才。市值过百亿的滴滴、美团、大众点评,以及几十亿、几亿美金的公司,如赶集网、运满满、六艺星空、点呀点,等等,一大批以O2O为代表的新兴互联网巨头的创始人、CEO、COO都来自于"中供"这一阿里军校。O2O中的online和offline,当offline在O2O中起到决定作用时,这支曾经在offline线下有强大执行力的铁军就成为了O2O制胜的关键。

本书的作者永钢,是这支阿里铁军中的一份子,由于在阿里期间业绩出色,在我有幸带领这支铁军期间有过多次交往,他的激情和能力,给我留下了深刻的印象,他是真正在这个成千上万人的团队中实现了"平凡人做非凡事"的一员。永钢花了一年半的时间,写下这本书,可能是这成千上万铁军中,还在忙碌奔波中有心写下这段经历的第一人。永钢

推荐序一

和所有中供人一样，除了执行力以外，除了激情以外，还有使命，有情怀，把这段历史记录下来，给全社会分享，这本身就是阿里人的担当！

我们也希望阿里铁军的这种精神，阿里军校的这套人才培养方法，不仅能通过创始人、CEO、COO 们输出到优秀的互联网公司，也希望对全社会成百上千万从事销售推广工作的人有一定的帮助，也希望这个帮助并不是停留在销售技术上和销售管理上，也能体现在真心诚意"客户第一"的价值观上，体现在销售人员的诚信上，体现在销售团队的团队合作上，让我们每天都可能接到的销售电话不再是骚扰，让我们在社会上接触的每一个销售人员不再令我们反感，是这本书超越销售技术销售能力，对社会更大的帮助。

永钢的这本书，可能不够全面，也由于当时他在阿里工作的岗位局限，不一定最具系统和权威，但一定是最真实、最真诚的。希望读者不仅能从书中学到一点销售的技能，更重要的是体会到创业也好、工作也好所需要的那一份认真和执着。也祝愿每位读者都能实现"平凡人成就非凡的事"！

维新力特资本董事长 & 创始合伙人
阿里巴巴 B2B 公司前 CEO
百安居中国区前总裁
卫哲

推荐序二

非常荣幸能够为张永钢先生的《战斗1：一位阿里巴巴销售菜鸟的逆袭》一书作序。本人接触过很多作者，像永钢先生这样主动、认真、有热情的人不多。读了永钢先生的书后，有些体会和感受，愿意做些简单分享，疏漏之处还望朋友们见谅。

本书没有波澜壮阔的场景，作者只是将自己从业十多年的销售和管理心得中最有价值的那部分，通过高度浓缩的手法展现给读者，期望能帮到那些做销售及销售管理的朋友们，让他们得到启发，快速提升销售功力。我本人也从文字中真切地感受到了作者的赤诚之心。

首先，本书给我的第一感受是真实。通过与永钢先生的交流得知，本书所有涉及到的人、事、物都是真实存在、确实发生过的，这与那些虚构情节、胡编乱造的作品形成了天壤之别，故其本身的实战价值也就不言而喻了。

其次，我看到的是高质量的干货。整个作品几乎没有废话，不存在重复无用的内容。每章、每节均重点突出、言简意赅。为了让读者阅读流畅，永钢先生还用心良苦地把发生在不同人物身上的故事通过同一人物串在一起来集中体现，避免冗长、重复、无用的内容，整个作品朴实干练，简洁高效，令人受益匪浅。

再次，这本书的系统性也是令人赞叹的。二八定律同样适用于销售行业，不管公司是几十位、几百位还是几千位销售员，能够成为高手的，能够保持高业绩且持续稳定提升的也不会超过20%。这本书指明了踏上销售高手之路的系统性的方法。其中3个理念和6把金钥匙我尤为认同，销售流程拆解是基础，系统化提升是关键，个人成长永远比业绩增长更重要。九星提问模型、挖掘需求四步法、包装四要素、价值编码三要素、铺垫三步曲、索要承诺三步法等，这些工具好用、实用、有效！

最后，衷心祝愿永钢先生的这本《战斗1：一位阿里巴巴销售菜鸟的逆袭》能够帮到广大读者，也祝福本书读者能从中受益，快速成长，练就高深功力，从而生意兴隆，财源滚滚！

当当网高级副总裁

姚丹骞

自序

我自大学毕业以后从事了数年的直销事业，依靠超出常人的努力，必胜的信念和顽强的精神，前后用了14个月的时间从一位没有任何销售经验的大学生做到了一家直销集团南京分公司的总经理。关闭直销公司之后，一个偶然的机会我接触到了阿里巴巴，凭借自己主动出击的勇气和信心，十分荣幸地加入了阿里巴巴这个大家庭，在阿里巴巴和支付宝公司一做就是8年，可以说把自己最好的、最宝贵的青春年华都献给了阿里巴巴。自己一直引以为傲的是前后只用了一年便从一名销售"菜鸟"成功晋升为阿里巴巴中供铁军（中国供应商团队）的管理人员。离开阿里巴巴集团之后在 PayPal 负责杭州 BC（商业顾问）团队近两年，期间用了6个月的时间实现了业绩200%的增长。目前就职于深圳递四方集团，负责集团旗下啪啪购项目的渠道拓展工作。

近5年以来，我一直有个冲动，就是把自己十多年销售和管理的心得体会写成一本书，这本书拒绝空洞的理论，而重在可行的实践。有这个冲动是有多方面原因的：

一、几乎每天都可以接到来自各行各业销售的电话，有推销理财产品的、有推荐无抵押贷款的、有销售二手住宅和商铺的、有邀约免费参加儿童英语试听课的、当然还有保险公司卖保险的，等等。这些人给我最强烈的感受是，销售没有新意，赤裸裸地销售，销售说辞没有精心设计，所以能够与我聊3句以上的人并不多。我希望这本书能够帮到这些人，开阔思路，提升功力，重视成长，钻研设计。

二、平时在商场、超市、专卖店遇到的营业人员，或是路边的兜售人员，能有自己成熟套路的且能够让人耳目一新的人真是屈指可数，我殷切地希望这本书能够帮到这些人。

三、由于我本人是职业经理人，前后带过数百人的团队，所以希望这本书可以节约公司的培训时间和成本，同时也可以作为我和团队沟通的纽带，能够事半功倍。

四、我同时还是IPMA认证国际培训师，也经常受邀给一些知名企业的员工分享一些经验和技能，但往往1～2天的培训时间是捉襟见肘的，很难达到培训的宽度和深度，希望这本书能够作为辅助材料给学员提供增值服务，以提升学员的体验和满意度。

基于以上几个原因，我的冲动最终转化为了行动，于2014年3月开始了本书的写作。我希望通过这本书传达的思想和理念是：

一、学会销售流程拆解是基础。我始终认为销售流程和工厂生产流水线作业是很类似的，任何一个环节出现严重问题都会影响到结果。

工厂的整个生产流程有很多环节，比如原材料采购、质检与管理、生产计划、生产订单、生产下达、工单派送、生产过程管理、成品质检、仓储物流等，其中任何一个环节出现瓶颈或障碍，都会影响到整个流水线的生产效率。同样的，我们把销售流程一层一层地拨开，也可以划分为很多环节：首先要找到客户资料；其次要知道关键人是谁；接下来要得到关键人的联系方式；再通过电话沟通或其他沟通方式获得与关键人见面交流的机会；见面后的环节有简短破冰、需求挖掘、产品介绍、解决反对意见、包装铺垫、成交技巧、索要承诺、合同收款和交叉销售等，如果哪一个环节出现严重问题，那么结果必将大受影响。

二、重视系统化提升是关键。销售技能的提升是不断优化的过程，是一个系统性工程，所以必须有一个轻重缓急的提升计划。销售人员要反复分析自己，解剖自己，找出自己的短板和弱点，然后按照影响结果的权重排序，把排序第一的结果快速地提升和优化，在这个环节大幅优化和改善后，再把剩下的排序结果快速地提升和优化，如此循环下去，则可以实现系统化的提升。

三、个人的成长永远比业绩增长更重要。如果能把销售的每一个环节和流程都掌握好，并不断提升自己的产品和行业知识，那么业绩增长是水到渠成的事情，所以你无需为短期业绩低落而沮丧，也无需为偶尔的业绩高涨而自满，关键在于你是否能够在稳定且持续提升的良性轨道中驰骋。

最后，我还想说三点：

一、这是一部与销售及管理相关的系列小说，我力求通过N个真实场景的案例达到"三易一好"的传达目标：通俗易懂，简单易记，易于复制，好用有效。

二、这本书以杨五力（化名）这位成千上万阿里铁军中的一员为代表，通过他的成长历程全面展示了阿里铁军的激情、敬业和协作。

三、作为书籍，我认为至少有5个内容的传达层次，分别为数据、信息、知识、洞察和智慧，我真诚地期望这本书能够给广大从事和爱好销售及管理的读者们带来智慧层次的传达，谢谢大家。

张永钢于上海

2015年7月

目录

第一章　柳暗花明　　1

第二章　峰回路转　　21

第三章　孤注一掷　　37

第四章　追根溯源　　53

第五章　真假难辨　　69

第六章　循循善诱　　93

第七章　眉飞色舞　　115

第八章　抽丝剥茧　　127

第九章　淡妆浓抹　　145

第十章　一诺千金　　163

第十一章　一鼓作气　　179

第十二章　破釜沉舟　　197

第十三章　随机应变　　213

第十四章　成人之美　　231

第十五章　雄关漫道　　245

后记　　260

第一章
柳暗花明

战斗
一位阿里巴巴销售菜鸟的逆袭

中午12点，骄阳肆无忌惮地焦灼着每一位行人的脸庞，火辣辣的，让人汗流浃背。杨五力双眉紧锁，满面愁容，背着双肩包在上海中山公园的长宁路上来回踱步，虽然饥肠辘辘，但无任何用餐的兴致。这是2004年8月31日，是杨五力在阿里巴巴公司试用期的最后一天，如果今天不能出单，不能到账4万元合同款，那就意味着杨五力没有通过试用期，明天就得离开公司了。想到这里，杨五力的心里可谓是五味杂陈，想当初在百年大计培训的时候信誓旦旦，信心百倍，难道真的都化为乌有了吗？真是一万个不甘心啊！这时，杨五力的脑海里浮现出了3年前的场景。

2001年7月，22岁的杨五力刚从郑州黄河科技学院毕业，在校期间受众多校友们的影响，决定毕业后去北上广，据说那里黄金铺满地，宝马雕车香满路，机会多多。于是杨五力向爸爸要了2000块钱，虽然杨五力的爸爸反复劝阻，要他留在郑州找份工作，或者回驻马店老家找份差事，但心比天高的杨五力哪里听得进去，背着印有毛主席头像的五角星黄书包，拉着一只破旧不堪的行李箱，买好火车票只身去了北京。

　　到了北京，初来乍到，人生地不熟，为了尽量节约开支，杨五力住进了一家最便宜的招待所，每天30元，一共4张床铺，与其他3位陌生人共享一个房间。为了仅有的那微薄资金的安全，晚上休息时杨五力把钱放进最贴身的衣服里面，双手捂住，悄无声息地入睡。整整一个月的时间，杨五力每天买一份北京人才报，认真查看任何一家招聘销售人员的工作机会，前后打了50多个电话，面试了20多家公司，最终都是石沉大海，杳无音讯。到北京一个月后，杨五力身上只剩下300元钱了，焦虑和恐惧让杨五力整夜辗转难眠，每天也只能吃两盒方便面充饥，以给自己多一些时间和机会。功夫不负有心人，有一天，一则非常独特的招聘广告吸引了杨五力的眼球，上面写道："您想成为百万富翁吗？您想自己当老板吗？您想自己开公司吗？赶快加入北京美乐捷公司吧。本公司提供最具竞争力的薪酬，本公司拥有最物美价廉的商品，如果您是吃苦耐劳的人，如果您是勤奋敬业的人，如果您是口若悬河的人，那就赶快加入我们的团队吧。"杨五力看完这则招聘广告后为之一振，有点心潮澎湃的感觉，立马小跑到招待所的前台拨通了北京美乐捷公司的招聘电话。

　　"您好，请问是北京美乐捷公司吗？"杨五力急促地问道。

　　接听电话的是一位热情大方的女性。

"是的,请问有什么可以帮到您吗?"

杨五力迫不及待地答道:"贵公司是在招销售人员吗?"

对方回答的口气和语调可以感觉她在微笑且有礼貌。

"是的,先生,我们是在招聘销售人员。"

"那需要什么条件呢?"杨五力显得稍许紧张。

那位热情大方的女性不紧不慢地答道:"正如我们招聘广告上说的,需要一年以上的销售经验,能够吃苦耐劳,20岁以上,没有其他什么条件。"

杨五力顿然有点失望,忐忑不安,低声低气慢吞吞地问道:"那我刚大学毕业,还没有销售经验,不知贵公司会考虑吗?"

"当然了,如果没有销售经验,公司认为应聘者非常优秀,很有潜力,具有培养价值,我们也会考虑的。"对方轻松地应答。

杨五力眼前一亮,顿时来了精神:"是吗,那太好了,我相信我是可以做好的,我能过去面试吗?"

"那你今天下午2点到玉泉路88号国防大楼308室来面试吧。"对方的心情很愉悦。

"好,好,我一定准时到,谢谢,谢谢您。"杨五力心花怒放,喜出望外。

杨五力放下电话,付完电话费,飞快回到房间收拾了一番,换上平常舍不得穿的白衬衫,头梳了一遍又一遍,把假皮鞋擦得锃亮,又在隔壁商场买了一个50元的手提公文包,打听到了具体路线,便向目的地出发了，杨五力此战势在必得。

　　杨五力下午1点便到达了目的地，看时间还早，就在附近转了几圈，此刻他的心怦怦直跳，杨五力尽量深呼吸，攥紧拳头，目光坚定，反复给自己打气："杨五力，你一定可以的；杨五力，你一定可以的。"下午1点50分，杨五力信心满满地来到了玉泉路88号国防大楼，一到3楼就看到了一扇非常宽敞的透明玻璃大门，旁边挂有一铜牌，上面写有公司的名字——北京美乐捷贸易有限公司，透明玻璃大门的里面是一张咖啡色的前台接待桌。一位端庄秀丽，浓眉大眼，留着披肩发，带着金丝眼镜的女士正在那里看着电脑，这位女士背后的白色背景墙上几个大字非常醒目，"WWI集团"，难道还是一家跨国公司吗？杨五力心里嘀咕道。这位女士的左边有8把椅子，有两男一女在那儿坐着，其中一位男士在埋头写些什么，应该是在填写面试表。杨五力轻轻地敲了几下玻璃门，这时这位女士已经发现了杨五力，先对他点头微笑，然后迅速站起身来走到玻璃门前帮杨五力拉开了门，礼貌地问道："先生，您找谁？"

　　杨五力后退了一小步，也对这位女士点头微笑并略微鞠躬应道："您好，我是约好来面试的，我叫杨五力。"

　　女士满脸堆笑："好的，您请进。"

　　待杨五力坐下，女士帮他倒了杯纯净水，对他说道："杨先生，请您先填写一份面试表，好吗？"

❶ 一位阿里巴巴销售菜鸟的逆袭

"好的,没问题,谢谢您。"杨五力满脸微笑且显得神采奕奕。

在杨五力填写面试表的期间,陆续有人进出里面的办公室,可能是里面办公室的隔音效果不好,杨五力可以隐隐约约地听到里面说话的声音,大体上与自我介绍和什么原因有关。杨五力填写完面试表后大概等了一个小时,这时那位前台女士走上前来轻轻地对他说:"真不好意思,杨先生,让您久等了,您现在可以进去面试了,面试您的是咱们公司的高经理,祝您能够顺利过关噢。"

"好的,谢谢。"杨五力边起身边致谢。杨五力有些迫不及待了,心想:我一定要过关,我一定要过关。

杨五力走到高经理办公室门前,轻轻地敲了两下门。"请进。"里面传来干练,底气十足的声音。杨五力推开门,笑容可掬地往里看着,迎面坐着一位戴着一副黑框眼镜的男士,35岁开外,两只眼睛炯炯有神,透露出坚定霸气的光芒。

"您请坐,杨先生。"高经理客气地站起来,手掌向上指向他老板桌前面的椅子。

杨五力略微鞠躬点头微笑应道:"谢谢,高经理。"

高经理拿起杨五力的简历,往老板椅靠了一下,轻松地说道:"杨五力,给你两分钟的时间,做下自我介绍。"

"好的,没问题。"杨五力神情紧张,声音急促地说道:"我先简单介绍一下我的出身吧,我出生在河南驻马店农村,在农村长大,我的父母都是农民，我兄妹三人，我有一个姐姐，一个妹妹。接下来我介绍一下我的学业，我今年刚从郑州黄河科技学院毕业，学的是外贸英语专业。我对职业的想法是想从事销售工作，因为我一直认为销售是最具挑战性的工作，也是最锻炼人的工作。我的性格是外向的，开朗的，且一直富有激情。以上就是我的简单介绍，谢谢。"高经理用欣赏的眼光向杨五力微微点了几下头，继续问道："你在大学期间做过兼职销售吗？"

"没有。"杨五力坦然地应道。

高经理的眉头稍微皱了一下："没有任何的销售经验，你怎么能把销售做好呢？"

杨五力很自信，毫不犹豫地应道："我个人认为能做好销售最关键的是勤奋和真诚，我在这两方面是最有信心的。"

"怎么理解你的信心呢？"

"就勤奋来说，大学期间我可以说是我们外贸英语系最勤奋的一个人，我大一就过了英语四级考试，大二上学期顺利过了英语六级考试，不是我比其他同学英语有多好，而是我比他们都努力。晚上他们去看电影，我在做阅读理解，经常到深夜 12 点，就是偶尔停电了，我也会点起蜡烛继续战斗到深夜 12 点。早晨他们 7 点起床，我 6 点就起来背单词，雷打不动。周末他们逛街玩游戏，我除了上午睡个懒觉，下午和晚上依然继续战斗，所以我敢说我是系里最勤奋的人。至于真诚，我和所有的老师和同学都坦诚相待，表里如一，从不夸大、虚伪，同

学们都喊我'老实人',我想我对客户也可以做到这样。"

高经理用疑惑的口气问道:"杨五力,你认为学业上的勤奋和销售工作中的勤奋是一回事吗?"

"至少我认为其中的信念和态度是一致的。"杨五力一直眼神坚定,语气铿锵有力。

高经理的表情露出久违的轻松,稍重地点了点头:"在大学期间,你周围的老师和同学们都用怎样的词语评价你呢?"

杨五力开怀一笑:"我周围的老师和同学们对我评价用的最多的词是激情、细节、踏实。"

"那你是否知道他们为什么会这样评价你呢?"高经理继续追问。

杨五力稍微停顿,视线向左游离了一下:"我想激情主要是由于我始终比较乐观,对待目标有必胜的信念,不大会因为小困难、小挫折而灰心丧气,萎靡不振;细节体现在我的学习笔记,还有我可以记住班里所有老师的生日;踏实,我想是因为我从不旷课,对待学习任务没有偷工减料、以次充好的现象,就这么多吧。"

高经理端起杯子喝了两口水:"你有考虑过选择什么行业吗?"

"这个没有考虑过,只要是销售,我都愿意挑战。"

"你理想中的公司是怎样的呢?"

"我理想中的公司是简单的,公平公正的,按劳取酬的,而且有发展前途。"杨五力对答如流,不打顿。

高经理边听,边记录着杨五力说话的内容:"你认为一位特别优秀的销售应该具备怎样的特质呢?"

"嗯,我个人的看法是应该具备勤奋、激情、好学、真诚、协作这几种。"

"你刚才说的这几个特质你认为你具备的有哪些呢?"

杨五力不假思索:"我认为勤奋是一位优秀销售应具备的最基本的特质,如果我有幸加入咱公司,我一定是公司最勤奋的人,我永远会比第一名更努力;我肯定是具备激情的,我刚才已解释过;真诚也没问题,我对待客户,对待同事都会推诚布公,真心相待;好学我也是具备的,我在大学期间是学习最拼命,最努力的;协作我想我也是具备的,一个人的力量是有限的,大家相互借力使力能达到事半功倍的效果,以上是我的感受。"

听完杨五力的话,高经理越发觉得他思路很清晰,而且有胸有成竹之感:"如果公司给你试用的机会,你刚开始主要会做哪几件事情呢?"

进行到这里,杨五力感觉真的有希望了,不由得激动了一下,声音有些许颤抖:"如果我真的有机会加盟咱公司,刚开始我会做好以下几件事:一是产品,二是说辞,三是融入。对于产品,我要了解咱们产品的功能和特点;对于说辞,我要研究如何介绍才能体现咱们产品的优势;对于融入,我要与公司的同事打成一片,一木不成林,只有大家相互学习，相互帮忙才能实现共赢。"

"好，说得很好。你对薪水有什么要求呢？"显然，高经理已经接受杨五力了。

"我希望通过我的努力每月有3000元以上的收入。"

"公司采用的是无底薪提成制，我们按照每日销售额的20%发放提成，当天的提成当日结清，也就是日薪制，我们队员每月的收入普遍在3000～5000元，这样的薪资制度你能接受吗？"

"可以接受，没问题。"

"好的，你还有其他要求吗？"

"公司能提供住宿吗？因为我现在还住在招待所呢。"杨五力弱弱地问道。

"这个没问题，公司是提供住宿的，不过一个月要收150元，6个人合住一间房，离公司半个小时的路程。你还有其他问题要问吗？"

"高经理，您能否就公司的发展和产品作一下简单的介绍？谢谢。"

"噢，我正准备接下来给你介绍公司的情况呢。"高经理显示出丁点的不好意思，"公司是一家百货直销集团，是加拿大WWI百货直销集团的会员，我们在中国已经有32家分公司，分布在广州、深圳、天津、南京、重庆、武汉、上海等地，去年年销售额达到了3亿元人民币。公司有两个拳头产品，一个是北方人四季保健袜，另一个是舒得乐办公按摩笔，这两款产品是咱们公司销售最火爆的产品，平均每位销售人员每天可以售出 100 件产品。公司的作业模式是上门直销,一句话,只要有人的地方就有我们的市场,写字楼、家属楼、马路上的行人、大学生宿舍、公交车,甚至是歌舞厅、夜总会里面都可以销售。公司有完善的晋升机制,任何一位有志之士在这里都可以实现当老板的梦想,只要表现足够优秀,就可以从普通队员升为带队,再升为领队,培养 5 个领队就能升为副经理,做到副经理就不用再做销售了,经过几个月的管理培训就可以开自己的公司了。自己无需垫付任何资金,公司注册和产品都是总部帮你搞定,你只需每月把公司销售出去的产品成本汇到总部就行了,我和其他 30 多位分公司经理都是从最基层的队员做起的,有的经理从队员做到分公司经理只用了不到一年的时间,慢的也没有超过两年的,所以,我们能做到,相信你也一定可以做到。"

杨五力听完高经理颇具煽动力的言词,心潮澎湃,热血沸腾,右手攥紧拳头狠狠地说道:"我相信我一定可以做到。"

高经理站起身来,握了一下杨五力的手:"你明天早上 8 点钟过来报到吧。"

"太好了!"杨五力突然站起身来,双腿半蹲,双手握拳往下一沉。兴奋的眼神从杨五力的双眸中喷涌而出:"谢谢,谢谢高经理,请相信我,我一定不会让你失望的。"

杨五力从高经理办公室退出,非常客气地与前台女士打过招呼,飞奔回招待所,杨五力感觉到脚步特别轻松。

第二天,杨五力很早起床,匆匆洗漱便出发去了美乐捷公司。到达美乐捷公司刚好是早上7点半,那位前台女士也已经在那里了,她向杨五力打了招呼,让他先坐在前台旁边的椅子上等会儿。前台右边3米左右是一个大会议室,里面陆续有人进出,当门打开的时候,杨五力发现里面有不少人在议论着什么,好像是在做销售产品的练习,你来我往,热火朝天。对面的会议室墙上挂着3幅大海报,抬头分别是"五步""八点"和"平均法"。

"五步"的内容——第一步:打招呼;第二步:介绍自己;第三步:介绍产品;第四步:成交;第五步:再成交。

"八点"的内容——第一点:良好的心态;第二点:准时;第三点:保持准备;第四点:保持心态;第五点:保持地区;第六点:做足八小时;第七点:控制场面;第八点:了解自己。

最右边的"平均法"内容——在单位时间内所接触的有效顾客遵循30:1的原则,所谓有效顾客就是能够听你交谈的顾客,所谓30:1,就是每30位有效顾客能够成交一位,那么就算是成功。

过了一小会儿,陆续又来了4个人,两男两女,与杨五力的年龄差不多,前台女士也让这4个人在前台旁边的椅子上坐下。到了早上8点,这时会议室突然安静下来,只听见里面有个人在慷慨陈词,说一些非常激动和励志的话,杨五力听出这是高经理在讲话,高经理讲话结束后他让昨天打钟的所有员工轮流上台讲话,这些员工也都是情绪

第一章　柳暗花明

高涨，激动万分，声音一个比一个大，甚至有些歇斯底里的感觉，杨五力虽然不知道打钟是什么意思，但是打钟的人肯定是取得了不错的成绩。

过了一会儿，会议室的门打开了，杨五力看了一下会议室门上面的时钟是 8 点 35 分，这时高经理神采奕奕地走过来，额头上布满汗珠，身后跟有五位好似干部的下属，三位男士，两位女士，全部统一身着白衬衫，显得意气风发。三位男士还戴着质量低劣的领带，很明显是地摊货，有一位男士的领口有斑斑灰迹，应该有几天没洗了，空气中夹杂着难以名状的汗臭味，让人频频蹙眉。

"各位，今天安排你们跟着我们的领队跑一天，了解一下公司的业务，你们最终是否能够留下取决于今天的表现。"接下来高经理分别安排了五位新报到的队员归属的领队，杨五力被安排给了王领队，此人是位 26 岁的男士，但看起来却像 30 多岁，相当成熟和老练。

王领队与杨五力简单打过招呼，回会议室拿了一个类似旅行包的背包，里面鼓鼓囊囊的，看来装了不少产品，于是杨五力跟着王领队乘坐地铁向朝阳区东直门进发。一路上，王领队的话不多，只是与杨五力交流了关于家乡、学业和工作经历的话题，不过杨五力心里却一直惦记着高经理的那句话——"你们最终是否能够留下取决于今天的表现"。杨五力在心里暗下决心，不管多苦多累一定要留下来，一定要留在北京，只有留下来，一切才有可能，杨五力用坚定的眼神朝上方看了一眼，同时

紧紧握了一下拳头。

出了东直门地铁已经过了上午10点，王领队带着杨五力进入了一幢写字楼一口气拜访了十几位客户，不过都没有成交，王领队反复自言自语地激励自己"下一个一定会成交的"。又拜访了8位客户，仍然没有成交，这时已经快中午12点了，写字楼里的人陆陆续续都出去吃饭了，王领队便决定先出去吃午饭，下午再过来继续作业。在去吃午饭的路上，恰好路过一个商店，里面有位老板正在整理账目，只见这位老板慈眉善目，面色红润，年龄在50岁开外，王领队进去买了两瓶矿泉水，付完钱，顺便问道："大爷，能耽误您一分钟吗？想请教个问题。"

大爷乐呵呵地回答："没问题，你请说。"

这时王领队不紧不慢地说道："是这样的，大爷，我们俩是国防大学的学生，现在在美乐捷公司实习，今天是为公司的一个新产品做推广宣传。"刚说到这儿，王领队立马打开包取出一双北方人四季保健袜的样品塞到商店老板手里，"大爷，这是咱们公司新推出的拳头产品，叫北方人四季保健袜，它的主要成分是木棉和绢丝，您是否觉得它的手感特别舒服？"

大爷点点头："手感是蛮舒服的。"

王领队见老板没有排斥，心中暗喜："大爷，它不仅穿着舒服，而且冬暖夏凉，主要原因是它的成分是木棉和绢丝，并且不会脚臭。除了这些，它还有一个好处是特别耐磨，一双能当十双穿。"说到这儿，王领队从自己领带背面低端抽出一根钢针，"大爷，您帮我拉一下，我让您看看它有多结实。"王领队用针尖用力地磨刮袜子，而且针尖可以在袜子里自由移动，商店老板对这一幕很是好奇："这是怎么回事呢？"

"大爷，这是因为袜子的结构是螺旋网状设计，所以耐磨、耐穿。这一双袜子在咱们公司的专柜售价是58元，这一打12双就是696元，今天是优惠酬宾，为了让更多的人知道，我们这一打12双只收您480元，另外我们还要送您两打24双，目的是让您送给周围的家人和朋友们，以达到帮我们扩大宣传的作用。"

"我要这么多袜子干什么呀，这要穿多少年？"商店老板面露难色。

王领队不慌不忙："大爷，我第一眼看到您就知道您一定是一位家庭特别幸福的人，您慈眉善目，面色红润，您的子女一定特别孝顺，您夫妻之间的关系一定是和美甜蜜，所以我们希望您能够把这么好的产品带给家人，同时也把健康带给他们。"

"呵呵，不愧是搞销售的哦，真会说话。那这样吧，你再送我两打，我就买了。""这……"王领队迟疑了几秒，"大爷，这样吧，我可以再送您两打，不过您宣传的时候要按58元一双讲啊。"

商店老板爽快地应道："那没问题的。"

"大爷，那您看是要全部一个颜色还是搭配一下呢？"

"噢，你帮我搭配一下吧，黑的、灰的，还有白的和蓝的。"

王领队一共给了商店老板5打袜子，收了480元钱，继续说道："大爷，还有个好消息告诉您，公司还有3打袜子送给您，为什么呢，公

司希望您能把这些袜子送给您商店的客户,帮我们多多宣传,我给您留个号码,如果有人需要让他们打我电话,行吗?大爷。"

"那感情好,太谢谢你了。"商店老板眉开眼笑,合不拢嘴。

王领队又随机给了商店老板3打袜子,留了电话号码然后道谢,带着杨五力离开了,脚步匆匆。

王领队与杨五力找了一家普通的快餐店要了两份盖浇饭,等餐的空隙王领队发现杨五力由刚开始的兴奋转变为有几分疑虑,便问道:"杨五力,你觉得今天怎样?"杨五力转过神来:"王领队,您的销售功力太厉害了,不过我有几个困惑。"

"你直说无妨。"

"好的。一是您为什么说自己是国防大学的学生呢?二是那根针怎么会在袜子里自由穿梭呢?好神奇啊!三是您最后为什么还要送他3打袜子呢?"

"原来是这几个问题啊!说自己是国防大学的学生是为了博得客户的同情,那根钢针在袜子里自由穿梭只是个小技巧而已,至于最后为什么还要送他3打袜子,那是因为公司有严格的规定,最终成交价一定要是5元一双,480元必须给他8打袜子,刚开始价格可以说高点,让客户去还价。"

杨五力略锁眉头:"这是否有些欺骗的成分?"

王领队脱口而出:"干我们直销这行的,不用点小技巧是不行的,你可以把它理解为善意的谎言吧。"

杨五力仔细琢磨着，为了能留在北京，只能先忍辱负重了。吃完午饭，王领队找了个僻静的地方小憩了半个小时，然后带着杨五力又回到了那幢写字楼。这时已经是下午1点半了，王领队在下午加快了作业的速度，一口气拜访了30多家公司，连口水都没来得及喝，其中在一个客户那里用同样的方法和技巧成交了240元的袜子。下午5点钟，因考虑到杨五力还要参加所谓的终试，王领队提议提前回到公司。终试的过程是轻松而愉悦的，杨五力同样表示了必胜的信念和决心，两句话彻底征服了高经理，"我一定会成功的"，"我一定会拼命地战斗"。毫无悬念，杨五力顺利通过了终试，正式开始了在美乐捷直销公司的战斗生涯。

杨五力兑现了自己的诺言，从上班第一天开始就拼命拜访客户。从数量上，每天不低于60个客户，有时候达到80个，甚至是100个；从时间上，每天作业基本上都要到晚上8点，有时候差几双达到销售100双袜子打钟的标准时，杨五力就跑到公司附近的住宅楼敲开几十家的房门，直到打钟为止，甚至不知不觉到夜里11点，住宅楼里没有人家敢开门，只是对着猫眼隔门对话；从业绩上，杨五力第一天上班就卖出了30双袜子，第二天卖出了50双，加入公司一周后就能够做到打钟，而且很少中断；从销售策略上，杨五力采用的是低成交量，高成交率，即一袋两双袜子报价58元，然后以一袋50元再送3袋成交，最后依个人心意再送一袋，这样的销售策略虽然特别辛苦，但杨五力的业绩

特别稳定,不像有些销售人员今天侥幸遇到个大客户就能打钟,明天运气不好就只卖了几双,甚至是鸭蛋;最难能可贵的是杨五力的态度和决心,很多销售人员周一到周五可以做到打钟,但一到周六就偃旗息鼓了,因为单位都不上班了,没有大单成交。杨五力由于是小单策略,周六就去清华大学、北京大学等高等学府的学生宿舍一个门挨着一个门销售,一天扫遍几幢宿舍楼,每个周六都可以打钟回来。杨五力凭借烈火一样的激情,旺盛的斗志,兢兢业业的勤奋很快就在公司脱颖而出,成为公司的标杆,3个月后就被公司提升为带队。

杨五力在这3个月的时间里无论在心理素质、表达能力、销售技能,还是精神信念方面都得到了快速提升。杨五力无论与马路上的行人、沿街的店铺老板、写字楼里的白领、住宅楼里的大娘大爷、大学生宿舍里的学生,还是歌舞厅、夜总会里的男男女女,都能做到轻松应对,对答如流。杨五力也被一些单位保安扇过嘴巴,也遇到过无赖拿了产品不给钱,更有甚者,杨五力曾被某个单位的一群保安举着橡皮棒拳打脚踢,在这些事情发生后杨五力都能快速调整过来,右拳紧握,连喊三声:"战斗!战斗!战斗!"又重新回到了战场。

杨五力在加入公司半年后被正式提升为领队,开始培养自己的队伍,这时杨五力已经被公司列为重点培养对象。为了加强杨五力带团队的能力,在接下来半年的时间里公司安排杨五力带领30多位队员去开拓空白市场。杨五力和这30多位队员的足迹在半年的时间里踏遍了沈阳、大庆、齐齐哈尔等东北市场。在杨五力带队出差的这半年里，他身先士卒，以身作则，不管是烈日下还是冰雪上，风里来雨里去，常常和队员一起作业，往往都能够打钟回来，杨五力凭借出差团队出色的业绩和稳重踏实的作风在公司里赢得了较高的威望。

在带队出差半年后，杨五力于 2002 年 7 月初班师回京，受到了北京总部所有员工的热烈欢迎。不出大家所料，2002 年 9 月 1 日，杨五力荣升为副经理，结束了在美乐捷公司的业务生涯。在北京停留了 5 个月后，杨五力于 2003 年 1 月带领自己的直销团队 40 人开赴南京，成立了北京美乐捷公司南京分公司。

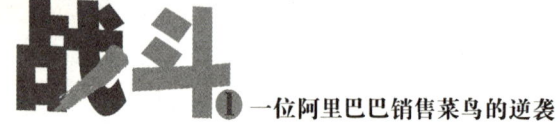

关键词：梦想

杨五力之所以能够下定决心去北京闯一闯，最关键是在内心深处有一个梦："要想别人瞧得起，首先自己了不起。"这句校训时刻在杨五力的耳边萦绕，"成为一位了不起的人，让别人瞧得起"，就是杨五力内心深处最真实的梦想。

关键词：信念

杨五力自始至终有一个非常坚定的信念，相信自己一定可以在北京活下来，相信自己一定可以在销售团队中脱颖而出，相信自己通过超出常人的努力可以得到常人得不到的东西，因为杨五力知道，要想与众不同，必须与众不同。正是这个坚定的信念，支撑着杨五力度过了无数个烈日下、冰雪上、风里来、雨里去的日日夜夜。

关键词：感恩

在杨五力体内，时刻有一颗感恩的心在激烈地搏动着。他感恩于高经理，在他没有任何销售经验的情况下给了他一个能够去战斗的机会。正是有一颗感恩的心，杨五力从来没有抱怨过工作如何辛苦，从来没有抱怨过宿舍条件如何之差，从来没有抱怨过休息如何不够。也正是有一颗感恩的心，在每个周六，几乎所有的同事都放弃了打钟的想法，杨五力仍然兢兢业业、勤勤恳恳，用踏出的每一步，用叩开的每一扇门，用说出的每一句话，用销售的100双袜子实实在在地去感恩。

第二章

峰回路转

一位阿里巴巴销售菜鸟的逆袭

新公司，新气象，刚开始的时候，杨五力的公司业务进行得如火如荼，高峰期公司达到了100多人，南京公司保留40人，另外60人分为两个团队开拓新市场。但好景不长，杨五力的公司在2003年年底由盛转衰，一是由于公司产品品质不高，二次销售几乎不可能；二是公司没有底薪，完全靠销售提成，很难留住人；三是上门直销这种业务模式已被越来越多的人抗拒和反感，同行业有太多的欺骗行为；四是淘宝已经横空出世，网上购物已成时尚，当然此刻杨五力还不知道；五是杨五力的管理风格，这也是最致命的，由于杨五力在美乐捷公司由最基层的业务人员晋升到分公司经理极其顺利，这使他变得非常自负，管理风格过于强势和霸道，平常很少与员工沟通，员工做好是应该的，做不好就严厉批评，甚至是辱骂，导致公司员工集体反感。基于以上原因，杨五力的公司在2004年3月只剩下10个人了，业绩不堪入目，杨五力也身心交瘁，疲惫不堪，经过苦思冥想，杨五力决定关闭公司，重新寻找机会。

第二章 峰回路转

在处理完剩余员工的问题后,杨五力开始思考接下来的人生,在一次与大学同学的通话中杨五力察觉到了一个新的机会。这位同学建议杨五力了解下阿里巴巴这家公司,他们公司的创始人马云在业界很有名气,而且新闻上说,阿里巴巴的员工2003年的平均收入超过15万元,是一家非常有前途的公司。说者无心,听者有意,从这时起,杨五力开始在网上大量搜索关于阿里巴巴和马云的信息,此前杨五力对阿里巴巴和马云一无所知。

杨五力从网上了解到,阿里巴巴由马云和其他18位互联网精英一起于1999年在杭州创立,目前已经发展成为中国最大的电子商务公司。阿里巴巴在2003年5月另外创建了淘宝公司,此刻杨五力有点恍然大悟,原来自己在2003年下半年的生意越来越难做与淘宝有关系啊。杨五力也第一次知道了B2B、B2C和C2C以及它们的含义,杨五力了解到阿里巴巴是B2B模式,淘宝属于B2C和C2C模式。杨五力同时了解到阿里巴巴经营B2B模式有两个网站,一个是阿里巴巴中文站的诚信通,另一个是阿里巴巴英文站的中国供应商。诚信通是针对国内商家之间的B2B内贸平台,中国供应商是针对国内工厂和外贸公司与国外采购商之间的B2B外贸平台。两个网站都有招聘销售专员的广告,不过工作地点没有南京。杨五力心想,自己学的是外贸英语专业,中国供应商的销售专员可能更适合,自己虽然是直销公司的经理,但对这样的大公司来说没有什么价值,况且自己又不懂电子商务,从销售

专员做起来更现实,南京没有机会,我就去上海发展,上海外贸公司云集更有发展前景,好男儿志在四方,没有什么大不了。杨五力下定决心后便将精心准备的中英文简历电子版发到了阿里巴巴中国供应商网站公布的招聘邮箱。

　　杨五力本以为很快就能接到去面试的电话,但是他错了,第一周杳无音讯。杨五力于是又发了一遍简历,第二周仍然是风平浪静,杨五力急了,心想干脆想办法找到他们负责人直接谈,可问题是如何找到这个人,人家又怎会同意直接面对面聊,杨五力苦苦思索。经过几天的思索,杨五力决定采用分步走的策略,先见人,后谈事。先见人的关键是要知道负责人的姓名,如果打电话直接问,结果不言而喻,如果以面试工作的口吻去问更不可能,杨五力最终决定以洽谈项目的名义得到负责人的姓名。杨五力抄下了阿里巴巴上海公司的电话,调整了下呼吸,用手机拨通了电话,这时电话里传来广告"买方,卖方,轻松找对方,让天下没有难做的生意,阿里巴巴。"

　　"您好,阿里巴巴。"对方传来甜蜜的问候。

　　"您好,这里是阿里巴巴上海分公司吧。"

　　"是的,您请说。"

　　"是这样的,我想请教您一个问题,我是北京美乐捷直销集团南京分公司的总经理,我姓杨,叫杨五力,我发现咱们公司在南京还没有分支机构,所以想与咱们这边的负责人交流一下共同开发南京市场的问题，不知是否方便告诉我咱们这边的负责人怎么称呼？"

对方停顿了一下："嗯……咱们的负责人姓陈。"

"您是否方便帮我转接一下呢？谢谢您。"

"好吧，稍等。"

"您好，哪位？"陈经理的语气清脆、沉稳。

"您好，陈总，今天冒昧打搅您了。"杨五力提高嗓音，充满激情："我是北京美乐捷直销集团南京分公司的总经理，我姓杨，叫杨五力，我想与您探讨一个问题，现在方便吗？"

"喊我陈经理就好了，您请说。"

"是这样的，陈经理，我发现咱们公司在南京还没有分支机构，所以想与您交流一下是否有可能共同开发南京市场。"

"我们的业务目前都是直销的，暂不考虑代理模式。"

"是这样啊，那我很想到上海来加盟阿里巴巴，您看是否有机会呢？"

"你现在不是很好吗？为什么会有这样的想法呢？"陈经理有些许疑惑。

"不瞒您说，陈经理，日用百货直销行业现在已经江河日下，日薄西山，我已经于近期关闭了南京的公司，正在寻找新的事业机会。我个人认为未来是电子商务的世界，而咱们阿里巴巴公司是这个行业的领头羊，如果有机会能够加盟阿里巴巴公司，一定是大有前途的。"

"如果是这样的话,那你就过来面试一下吧。"

"好的,那我明天上午10点过来,您方便吧?"

"行,可以的。"

"好的,陈经理,我想再确认一下地址是否是上海长宁区长宁路1027号兆丰广场29楼?"

"正确。"

"好的,陈经理,那我们明天见。"挂掉电话后,杨五力隐隐约约感觉到这事能成,因为在美乐捷直销公司两年多的历练让杨五力对面谈已经非常有经验了。

当天晚上杨五力便准备了西装革履的行头到达了上海,在上海长宁路1027号兆丰广场附近的一家快捷酒店住下。第二天上午9点50分杨五力准时来到了兆丰广场29楼阿里巴巴公司。在前台接待的安排下,杨五力在一间会议室坐了下来。9点58分,只见前台接待与一位个子不高,相对瘦弱,但十分精干的男士一起走过来。

"您好,杨先生,这是我们公司的陈经理。"前台接待介绍道。

"您好,陈经理。"杨五力立马起身微微鞠躬打了个招呼,并轻轻握手。

"不用客气,你请坐。"陈经理也顺势坐了下来,前台接待告退。

"电话里简单地了解了下你的情况,你能否把自己的情况再详细介绍一下。"陈经理单刀直入,直接切入正题。

"好的，我先介绍一下我个人的情况吧，我从出生、学业和职业三个方面来介绍。我1980年出生在河南驻马店农村，也一直在农村长大，我的父母都是农民。我兄妹三人，我有一个姐姐，一个妹妹。接下来我介绍一下我的学业，我于2001年7月从河南郑州黄河科技学院毕业，学的是外贸英语专业。毕业后我去了北京，成功应聘到一家叫北京美乐捷公司的日用百货直销集团，我从最基层的销售人员做起，用了一年半的时间做到该直销集团在南京分公司的总经理，这就是我个人的简单介绍。"杨五力的介绍沉稳冷静，不紧不慢，语气中透露着坚毅和信心。

"你简单介绍下北京美乐捷公司的情况。"

"好的，北京美乐捷公司是一家百货直销集团，是加拿大WWI百货直销集团的会员，在中国已经有80多家分公司，年销售额达到了7亿元人民币。公司主营日用百货产品，主要有两个拳头产品，一个是北方人四季保健袜，另一个是舒得乐办公按摩笔。公司的销售模式是上门直销，简单情况就这样。"

"我看你在北京美乐捷公司工作了大概两年半，在不同的阶段你主要负责什么工作呢？"陈经理开始了解杨五力的工作细节。

"我在北京美乐捷公司主要分3个阶段，2001年7月到2002年9月是做业务，带团队的阶段；2002年9月到2002年12月担任公司副经理，学习管理；2003年1月到2004年3月担任北京美乐捷公司南京分公司总经理，负责分公司的运营管理。"

陈经理一边听杨五力的介绍，一边把核心内容记录在面试表中。"你能否重点介绍下你在做业务阶段的工作目标、所采取的行动以及取得的业绩。"

"可以的。在做业务时，产品是北方人四季保健袜，我的工作目标就是每天争取卖掉100双袜子，所采取的行动是每天疯狂地拜访客户，不管是马路上的行人、写字楼里的白领、家属楼里的大爷、大妈，还是大学生宿舍里的学生、甚至是公交车上的司机，我都会向他们介绍我们的产品。至于所取得的业绩，可以这么说，我是公司业绩最好的，也是最稳定的。"杨五力口若悬河，一气呵成。

"怎么理解你说的业绩是最好的，也是最稳定的呢？"陈经理追问道。

"我从加入公司第二周开始就能每天卖掉100双袜子，我们叫打钟，而且几乎没有中断过，别人一般一周打钟三四次就很好了。至于稳定，我是公司唯一保持每个周六都能打钟的人，因为平常单位上班，打钟比较容易，但是周六很多单位休息，懒点的人要么就不作业了，要么就自己买几双交差，勤奋点的人卖个二三十双。我一到周六就去清华大学、北京大学等高等学府的大学生宿舍一个门挨着一个门销售，我一天能扫几幢宿舍楼，所以我每个周六都可以打钟回来。"杨五力语气中透露出十足的自信。

"这样看来，你在业务上是很出色的，那你认为你能够取得好成绩最主要的原因是什么呢？"

第二章 峰回路转

"陈经理,您过奖了,我觉得我能够把业务做好主要源于勤奋和策略。"

"如何理解你的勤奋和策略?"

"我们公司有个理念叫平均法,就是在单位时间内所接触的有效顾客遵循30∶1的原则,所谓有效顾客就是能够听你交谈的顾客,所谓30∶1,就是每30位有效顾客能够成交一位,那么就算是成功。所以说见的客户越多,成交的几率越大,我的座右铭是永远比第一名更努力。"

"那你见10个客户一般能成交几个呢?"

"这个就不一定了,有时候很顺利,见10个客户可以成交5～6个,不顺利的时候见20个,甚至是30个客户才可能成交一个。"

"你的策略是什么?"

"我是小单策略,有些同事只卖480元一包送三包,而我是两双50元送6双,成交概率比他们大多了。"

"你们的结果有很大的差别吗?"

"那当然了,只卖480元一包的,运气好的时候能卖100多双;运气差的时候一双也卖不掉,只能逼自己买几双交差,而我就基本上都能打钟回来。"

"好的,另外能否说一件你在美乐捷公司业务生涯中你认为特别成功和值得骄傲的事情呢?"

"好的,我认为特别成功和值得骄傲的事情就是我加入美乐捷公司第二周的时候就开始打钟了,那天我工作到晚上8点,还差10双袜子,

正好路过一家河南烩面馆,我很饿,就要了一大碗牛肉烩面。就餐期间了解到烩面馆老板就是我驻马店的老乡,50岁上下的阿姨,两个儿子都考上了大学,一个儿子考上了郑州大学,另一个儿子考上了中国科技大学,我夸了阿姨很有福相,她很开心。吃完面后我顺便介绍了产品,阿姨二话没说给了我50元,我给了她10双袜子。我知道我已经打钟了,离开烩面馆后我的心情久久不能平静,都不知道如何走到地铁口的。我的直觉告诉我我可以留在北京了,我真的可以留在北京了,不知不觉我泪流满面,我激动地打电话给我的爸爸妈妈,分享我的喜悦和快乐。妈妈当时也哭了,反复叮嘱我要注意身体,饭一定要吃好些。这件事情给我留下的印象很深,所以我觉得这件事是特别成功和值得骄傲的事情。"

"说得很好。"陈经理也略微为之动容,"那你是否能说一件你在美乐捷公司业务生涯中你认为特别失败的事情。"

"特别失败的事情。"杨五力思考了几秒钟,"特别失败的事情我认为是有一次在一家研究所推销,为了能够进入这家研究所销售产品,我没有给当门卫的阿姨说实话,只是说给所长送东西,很快就出来,结果在研究所里作业的时候被人投诉到门卫阿姨那里,那位门卫阿姨找到我劈头盖脸给了我十几巴掌,打得我鼻血流了一地,我也不敢还手,因为我理亏。从那儿以后,我遇到管理特别严格的国营单位就只找办公室谈劳保福利产品的采购事宜,这件事情给我留下了深刻的教训，所以我觉得这件事是特别失败的事情。"

"你在做到经理之前一共做了多久的业务员？"

"前后一共是14个月的时间，升为副经理后就没有作业了。"

"可以说你在百货直销行业是做得不错的，而且已经做到了经理，而你现在面试的是我们销售专员的职位，你觉得你心理没有落差吗？你能调整好自己的心态吗？"陈经理显得颇为疑惑。

"这个不成问题，我相信我一定能够东山再起。我能够在百货直销行业做到经理，我想我在阿里巴巴也不会差。"杨五力斩钉截铁，信誓旦旦。

"是否对自己的职业做过规划呢？"显然陈经理想知道杨五力是否深思熟虑过。

"老实说，刚大学毕业那会儿真没有考虑什么职业规划，但现在我已经考虑清楚了，我要在电子商务行业一流的企业中做一位优秀的职业经理人，因为电子商务一定是未来的大趋势，里面商机无限。"杨五力很坦诚地回答。

"好的，另外一个问题是你周围的同事和朋友们平常都用怎样的关键词评价你呢？"

"用的最多的就是拼命三郎和激情王子。"杨五力毫不掩饰，颇感自豪。

"呵，评价确实不低啊。"很显然陈经理已被杨五力感染了。

"您过奖了,陈经理。"杨五力一脸放松。

"如果公司给你机会,你是否会有一些不稳定的因素呢?比如出国留学,碰到其他好的机会又离开了……"

"出国留学短期几年是不可能的,如果公司给我机会我一定会倍加珍惜的,如果公司留我,我5年之内绝不会离开公司的。"

"好的,你的情况我就了解到这儿,接下来我简单介绍一下我们这边的情况。我相信你已经通过网络了解了很多关于阿里巴巴的信息,阿里巴巴现在有两块最核心的业务,一是面向国内商家的B2B交易平台,也就是诚信通服务;二是为国内的工厂和贸易公司提供的出口展示平台,即我们这个部门在做的产品,叫中国供应商服务。我们现在招聘的销售专员就是负责销售我们的中国供应商产品,咱们的客户都是做出口的,一般都是工厂或者贸易公司。这就是我们这边简单的情况,你有什么问题要问吗?"

"陈经理,咱们中国供应商产品的价格是多少呢?"

"我们的产品有两个价格,金牌供应商的价格是一年6万元人民币,铜牌供应商的价格是一年4万元人民币,客户与国外的买家成交之后我们就不再收取佣金了,咱们采取的是固定年费的方式,当然也有很多客户在我们平台上买一些广告,如搜索排名、黄金展位什么的,这个是要另外收费的。"

"陈经理,咱们这边的销售人员平常是怎么拜访客户的呢?"

"咱们的销售人员一般先通过电话约好客户再上门拜访，当然也有很多销售人员陌拜能力很强，天天去扫写字楼，也有经常去参加展会谈客户的。"

"咱们这边薪酬待遇是怎样的呢？"

"我们这边薪酬待遇主要由两部分组成，一是底薪，二是提成，底薪是2500元，提成是按业绩来的，业绩越高，提成越多。"

"那最高提成比例是多少呢？"

"我们根据不同的业绩提成比例有8个点、12个点、最高是15个点，也就是说如果你这个月做了10万元的业绩，而且上个月也做了10万元的业绩，那么你这个月仅提成就可以拿15000元。"

"如果我上个月业绩不好呢，比如就做到了4万元，那提成是多少呢？"

"我们的提成是按金银铜来分的，而且是上月的业绩决定本月的提成比例，上月业绩是10万元以上叫金牌，下月的业绩可以拿15个点；上月业绩是6万～10万元叫银牌，下月的业绩可以拿12个点；上月业绩在6万元以下的叫铜牌，下月的业绩可以拿8个点。"

"也就是说每个月的业绩都在10万元以上就算最好了，是吧？"

"你很聪明，只有业绩稳定提成才会高，你还有其他问题要问吗？"

"我没有问题了，谢谢您。"

"好的，我们今天就聊到这儿，你还需要一轮面试或者电话远程面

试,由我们中国供应商团队的总经理 Elvis 负责面试,你这两天做好准备,祝你成功。"

"谢谢您,陈经理,我一定会加油的。"

杨五力顺利通过了第二天下午 Elvis 的远程面试,于 5 月初在杭州集中参加了为期 3 周的阿里巴巴百年大计封闭式培训。杨五力以他积极的表现,超乎寻常的激情赢得了最佳学员的称号,并在毕业准备回区域的时候向所有同学承诺,在 3 个月的试用期里一定要出 3 个单,同时写下了军令状。杨五力于 2004 年 6 月正式开始在阿里巴巴的事业之旅,为了实现他的诺言,杨五力每天疯狂地拜访客户,然而,时间却如白驹过隙,3 个月的试用期只剩下最后一天了,到目前一个单也没有出,想想得之不易的机会,想想当时的豪言壮语,杨五力是万般不舍。此刻,中午 12 点,骄横的太阳肆无忌惮地焦灼着每一位行人的脸庞,火辣辣的,让人汗流浃背。杨五力双眉紧锁,满面愁容,背着双肩包在上海中山公园的长宁路上来回踱步,虽然饥肠辘辘,但无任何用餐的兴致,试用期只剩下最后一天了,难道真的是以失败离开阿里巴巴吗?作为当年的直销公司经理,怎么可能呢!杨五力继续来回踱步。

关键词：主动

非常明确，杨五力能够有幸加入伟大的阿里巴巴公司，完全有赖于他自己的主动出击和当时上海陈星探经理的慧眼识人，这实属难能可贵。我相信，99%的求职者在针对一家公司连续发出几封求职信而杳无音讯后也就放弃了，但杨五力没有放弃，主动改变了杨五力的人生。在与人沟通、待人接物、团队协作等方面，主动更是基本的行为准则。

关键词：策略

除了主动，在杨五力成功加入阿里巴巴公司的问题上，他采用的"先见人，后谈事"的策略也起到了至关重要的作用。如果当初杨五力在电话里与前台开门见山，直截了当地交流求职的事情，其结果就很难预料了。在杨五力加入阿里巴巴后，在几个重要节点针对不同的客户所采用的不同策略也是可圈可点的。

关键词：选择

选择比努力重要。努力有结果，但不一定有好结果。在当时，杨五力对职业规划中的选择是毫无概念的，但是杨五力却完美地踩中了职业规划中最重要的几个关键点。一、选对行业；二、选对公司；三、选对市场。

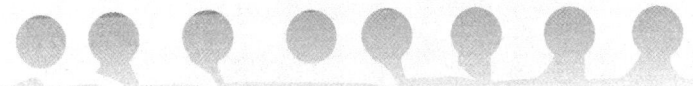

如何选对行业？一是看行业是否处于快速成长期；二是看政府是否足够重视；三是看国家是否有政策支持。选对了行业，没有选对公司，结果很可能事与愿违。

如何选对公司？一是看公司在行业的排名和影响力；二是看公司的文化和发展空间；三是看公司老板的眼光、格局和胸怀。选对了行业，也选对了公司，但是没有选对市场，其结果很可能是望洋兴叹。

如何选对市场？一是看客户基数；二是看客户消费；三是看客户集中。杨五力选择了电子商务这个行业，选择了电子商务这个行业一流的公司阿里巴巴，选择了无论客户基数还是客户消费和客户集中都超出期望的大上海，所以，虽然在当时，杨五力对职业规划中的选择毫无概念，但是杨五力却真真切切完美地踩中了职业规划中最重要的几个关键点，选择比努力重要。

第三章

孤注一掷

杨五力走到长宁路中山公园大门口绿化带的石阶上，重重地叹了一口气坐了下来，灰心丧气地把头埋进双腿之中，双手上下错落地搭在后脑勺上，好像受到惊吓的鸵鸟把头埋进沙子里一样，不知如何是好。尽管有几群知了在轮番为他歌唱，为他打气，但丝毫提升不了杨五力的兴致。杨五力现在满脑子想的就是哪个客户可以签单，可以马上付款4万元，救他于水火之中，这个客户那真就是他的救命恩人。此时杨五力意识到必须让自己冷静下来，急躁解决不了任何问题，乱了方寸就注定没有任何希望了。

杨五力开始回忆这3个月来接触过的所有客户，努力在脑海中寻找有可能签单客户的线索。有两家有希望签单的客户这几天已经被杨五力逼死了，杨五力要求对方全额付款或者至少付款4万元，但是这两家客户有一家要求下月付款，另外一家客户只愿意首付两万元，完成制作后再付余款，杨五力都没有答应，因为这样做他依旧过不了考核，还是得离开公司。7月的时候有家叫银皇冠的制笔公司，杨五力给了他

第三章 孤注一掷

所有能给的资源和优惠，甚至向公司申请了超出要求的资源，客户是当天把合同签了，但是第二天当杨五力去拿支票的时候，客户要求杨五力再打折，不打折就黄单，结果当时杨五力没保持好态度，关系搞僵了，成功近在咫尺，功亏一篑。

杨五力双眉紧皱，眼神呆滞，苦思冥想。突然，他眼前一亮，好像想起了什么，他立马打开双肩包，从里面取出一张 A4 纸大小的黑面名片夹，里面有三百多张名片。杨五力迅速翻了十几页，找到了一张公司名称为上海大统贸易有限公司的名片，该公司的老板叫武全统，甘肃人，是做五金出口生意的。这家公司是杨五力两个月前在一次五金贸易展销会上接触到的，当时正好阿里巴巴在这个五金贸易展销会上也有自己的展台，杨五力作为新人被公司派过去负责客户的台前咨询。上海大统贸易有限公司前后有 3 位员工在阿里巴巴展台上与杨五力交换了名片，于是杨五力便对这家公司有了深刻的印象。

展会后，杨五力在公司的 CRM 系统查到了上海大统贸易有限公司的信息，发现前后已经有 8 位阿里巴巴的同事去拜访了武总，而且留下的备注信息大体上都是有意向，就是不签单，最后这 8 位阿里巴巴的同事都放弃了跟进这家公司。杨五力觉得武总是做出口的，又对海外推广有需求，只是没有下定决心，至少武总是值得跟进的，所以杨五力把上海大统贸易有限公司拣入到自己的 CRM 系统里，开始跟进武总。

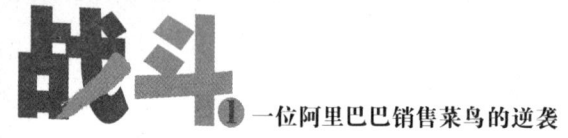
一位阿里巴巴销售菜鸟的逆袭

杨五力在8月初与武总见了一面,像往常一样,杨五力介绍了阿里巴巴的产品以及做阿里巴巴中国供应商服务的好处,然后建议武总现在就开始做阿里巴巴,但是杨五力得到的答案与前面8位同事并无两样,武总仍然说"行,我考虑考虑"。武总表态的时候漫不经心,慢条斯理。杨五力针对武总的态度也不知如何应对,稍坐了一会儿就告辞了。

杨五力右手拿着武总的名片,左手支撑着下巴,认真思考着如何与武总沟通。根据杨五力对武总的印象,武总不是很有激情的人,说话比较温和,速度也很慢,而且是漫不经心,慢条斯理,那这样性格的人如何去沟通?去逼单呢?杨五力真是吃不准。

这时杨五力想起在北京美乐捷公司的时候曾经有位罗老师做过一场主题为"客户四种性格解析"的培训,罗老师把客户的性格分为四种,分别是力量型、完美型、和平型和活泼型。

罗老师认为力量型客户的性格特点是性格外向,在人和事上,他们关注事比关注人更多;力量型客户不达目标,誓不罢休,且不停地给自己设定目标以不断前进;他们行动迅速,活力充沛,意志坚强,自信,非常有活力,谈事情坦率,直截了当,一针见血;力量型客户谈话讲究速度和效率同时以务实的方式主导会谈,他们喜欢主导整个谈话过程,他们能够直接抓住问题的本质,简明扼要,不喜欢拐弯抹角。不过罗老师认为力量型客户在沟通方面也有些不足,他们认为自己永远是对的;他们有些霸道,甚至傲慢自大,目中无人;力量型客户喜欢争辩和冲突，缺乏耐心，是非常糟糕的倾听者。

　　罗老师认为完美型客户的性格特点是思想深邃，独立思考而不盲从，坚守原则，责任心强；敏感细腻，高标准，追求完美，善于分析，富有条理；在沟通方面，罗老师认为完美型客户会不知不觉地说教和上纲上线而且原则性很强，不易妥协；喜好批判和挑剔，吝于宽恕，同时他们墨守成规，死板教条不懂变通，为了维护原则缺乏妥协精神。

　　罗老师另外还分析了和平型的特点，罗老师认为和平型客户的特点是处事温和，爱静不爱动，有温柔祥和的吸引力和宁静愉悦的气质，他们追求人际关系的和谐；和平型客户在沟通时心平气和且慢条斯理，他们比较喜欢倾听且极具耐心；不过和平型客户总是按照惯性来做事，他们拒绝改变，对于外界变化置若罔闻；他们在交流过程中的反应是一拳打在海绵上，慢慢腾腾；和平型客户安于现状，不思进取，他们乐于平庸，缺乏创意，更害怕冒风险，缺乏自信。

　　罗老师最后分析了活泼型客户的特点，他们善于表达，敢于表达，并且往往语不惊人死不休；在语言场合活泼型客户会主动抢占很强的气场，并且这种气场能轻易笼罩现场。活泼型客户通常交际能力很强，在社会上能有很多朋友，并且与朋友关系会处得很好；不过活泼型客户的情绪波动大，随意性强，缺乏自控；作为朋友，往往缺乏分寸，过度玩笑和热情；他们在说话时时常不经过大脑，口无遮拦，不能保

守秘密；在对待工作和事业，易受到情绪的影响。

杨五力在仔细回忆了罗老师的"客户四种性格解析"的内容之后，便在思考武总属于怎样的性格，用怎样的沟通方式利于逼单。杨五力把对武总的印象在一个记事本上写了下来，关键词是说话很慢、慢条斯理、温和儒雅、犹豫不决。

基于对几个关键词的总结和分析，杨五力把武总的性格判定为和平型的性格，接下来杨五力又把和平型性格的相关关键词在记事本上写了下来：注重人际关系，不喜欢改变，害怕冒风险，缺乏自信。杨五力把两项关键词汇总在一起，思路突然清晰起来，杨五力认为他重点要解决两个问题，一是人际关系，二是犹豫不决。既然这样，杨五力认为与武总的沟通要分为两步走，第一步与武总搞好人际关系，拉近距离；第二步时机成熟后反复给武总信心，甚至是帮武总做决定。那第一步该怎么做呢？第二步又怎样把握火候呢？杨武力又陷入深思。经过几分钟的思考，杨五力决定在第一步采用这样的策略：了解、赞美和共同点；第二步在双方交谈甚欢，愉悦有余时果断出击，反复给武总信心促成单子。

思路已定，接下来的问题就是在下午一定要见到武总，首先武总要在公司，期望老天能帮忙；其次武总要答应见面，二者缺一不可，所以这次见面的邀约不能给武总拒绝的机会和空间，否则前功尽弃。杨五力在反复琢磨邀约的说辞和思路，杨五力经过精心的准备后于下

第三章　孤注一掷

午1点半拨通了武总的直线。

"你好,哪位?"很明显是武总的声音。

"武总,您好!我是阿里巴巴公司的杨五力,这个月初与您见过面的。"杨五力的热情达到了空前的地步,感觉武总是他很久没有联系的亲人。

"你好,小杨,有什么事吗?"武总仍然慢慢腾腾,不过语气很温和。

"是这样的,武总,我今天下午正好在咱们公司楼下办点事,我想办完事上来与您打个招呼,顺便讨杯水喝,没问题吧?"杨五力一口气说完了自己绞尽脑汁想出来的说辞。

"看你说的,太客气了,你来就是了。"武总顺利答应了杨五力见面的要求。

"谢谢您,武总,我大概下午2点半过来。"杨五力挂掉电话,顿感希望袭来。

杨五力也没心思吃饭了,赶紧乘坐2号线往浦东出发了。

杨五力于下午2点15分到达了位于上海浦东张杨路的八方大厦,便径直去了上海大统贸易有限公司,敲门后有前台女士接待,杨五力说明了来意,前台女生便引领杨五力来到了武总的办公室。武总办公室的门敞开着,杨五力看见武总拿着电话用英语在交流,应该是与国外的客户在谈生意。看见前台女士领着杨五力走到门口,武总用手指了下办公桌旁边的沙发,意思是让杨五力坐下来等会儿。大约3分钟后,

武总放下电话。

"武总好啊！我过来向您讨水喝了。"杨五力主动寒暄。

"哪儿的话，你这就见外了。"武总打内线叫来前台女士给杨五力倒了杯茶水。

"武总，今年生意很好吧，我上次来的时候您也很忙。"杨五力继续寒暄。

"今年生意还好，现在正是旺季。"武总已经开始与杨五力聊起来。

"咱们公司今年出口有2000万美金吧？"杨五力开始了解武总的相关信息。

"哪有那么多，去年做了800万美金，今年大概可以突破1000万美金。"武总很坦诚，直截了当。

"那也很不错了，能过1000万美金年出口额的贸易公司都是大公司了，武总，您领导有方啊！"杨五力开始尝试赞美武总。

"谈不上领导有方，我们还是小公司呢。"武总谦虚有加。

"不瞒您说，武总，我了解到在阿里巴巴除了我前后有8位同事跟进过您，而且对您评价都很高，都说您是'老外贸'，可见我们阿里巴巴的人都很重视您啊！"杨五力不断在给武总戴高帽。

"是吗！"武总笑呵呵道，"那是你们抬举我了。"

"武总真是好谦虚啊！武总做外贸应该有15年了吧。"杨五力继续寻找武总的亮点。

"我做外贸这是第 20 个年头喽。"武总略显骄傲地说道。

"什么？20 年，哎呀，武总，您简直就是我们国家外贸的鼻祖啊，您是绝对资深的专家啊！"杨五力惊奇中给以赞美。

"你太过奖了，我是大学一毕业就开始做外贸了。"

"那武总您应该在 84 年就毕业了，是吧？"

"我是 85 年毕业的，在甘肃做了几年外贸就来上海了。"

"武总，您是甘肃人啊。"

"是啊，我是土生土长的甘肃人啊。"

"太好了，武总，我就喜欢与甘肃人打交道，实在！现在上海这边的人比较精明。"

"是的，他们比较精明，头脑灵活，精打细算，我也有感受。"

"武总，您能否分享一下您做外贸的心得，您是如何做到这么成功的呢？"

"呵呵，谈不上什么心得了。我觉得做外贸有两个点最重要，一是要选对产品，二是要做好服务。"

"武总，您能分享得细一点吗？"

"可以的，你看，小杨，我为什么选择五金产品呢？一是国外需求量大；二是我们价格特别有优势；三是五金产品咱们产业非常集中，也是资源消耗和劳动密集型的，咱们国家有优势。至于怎样做好服务，我确实还真有点小心得呢。"

"武总,您请说。"

"我们专门有个客户服务团队,服务公司几十个大客户,通过平常的交流获取足够多的信息然后把这几十个客户分成几个小组,分别是佛教小组、旅游小组、K歌小组、'腐败'小组、丝绸小组等。"

"那怎么为这些客户做好服务呢?"杨五力很好奇地问道。

"这些客户都是我们业务量比较大的客户。"武总很骄傲地娓娓道来,兴致很高,嗓门也提高了不少。"我们一般都主动邀请客户到中国来,只要来,感情就深了,我们负责酒店和来回机票。佛教小组的客户就带他们去普陀山或者五台山、九华山、峨眉山拜佛去;旅游小组的客户就去杭州、北京、九寨沟、丽江等地观光;K歌小组的客户基本上都是来自发展中国家的,他们那边没有KTV,在这里K歌他们很享受,很陶醉;'腐败'小组的客户就是陪他们吃喝,把他们灌醉,他们就特别开心,这些客户喜欢喝茅台;丝绸小组的客户就经常寄给他们不同的丝绸产品,像丝巾、手帕、内衣等。总之,根据不同小组的客户爱好投其所好,这些客户与我们的黏度很高,基本上不会被别人挖走,而且每年的采购额都大幅提升。"

杨五力在旁边听得有点入迷,眼睛惊奇地望着武总:"武总,您这真是大舍大得啊,有眼光,有魄力,可以说是营销专家。"

"现在同行多,不得不在服务上下功夫啊。"

"武总,咱公司有这么多的优质客户,那还需要开发新的客户吗?"

杨五力开始进入正题了。

"当然需要了，哪有嫌客户多的呢？"

"我之前有8位同事建议您做阿里巴巴，您都没有做，最主要的原因是什么呢？"杨五力开始挖掘问题所在。

"也没什么原因，就是还没开始做。"

"您是担心阿里巴巴没有效果吧。"

"也不是，其实我在考虑托马斯网站。"

"托马斯。"杨五力简直不敢相信自己的耳朵，因为杨五力知道托马斯是一家非常普通的B2B网站，而且全球排名在20000名以后。"武总，我想请教您一个问题，为何广交会一票难求，而其他普通的交易会门可罗雀呢？"

"那肯定是人气不一样喽。"

"武总，您电脑借我用一下可以吧？"

"噢，可以的。"

杨五力在网上打开Alexa的页面，然后输入alibaba.com，找到阿里巴巴的相关流量数据，"武总，这是全球最权威分析各个网站流量的平台，您看，阿里巴巴的流量在全球排名第34名，您再看下托马斯的流量。"杨五力找到托马斯的相关流量数据，"武总，托马斯的全球流量排名，在20000名以后，像您这样睿智的老板，怎么可能去选择托马斯呢？"

一位阿里巴巴销售菜鸟的逆袭

武总沉默不语。

"武总,阿里巴巴有这么大的流量,有这么多优质的客户过来,再加上咱们这边卓越的客服能力,武总,您做阿里巴巴一定会成功的。"杨五力开始发力,准备说服武总签单。

武总坐在那里没有说话,用手挠挠头,身子往后倾,两只手上下握在一起,想说话又没有说。

"武总,您不是阿里巴巴的第一个客户,也绝不是最后一个,已经有太多的客户每年从阿里巴巴获得几百万美元,甚至是上千万美元的订单,他们可以做到,武总,您也一定可以做到。"杨五力步步紧逼,丝毫没有放松。

武总还是没有说话,"嗯"了一声,比较长,两只手来回搓了几下,头左右转了一下。

"武总,我告诉您,我有好多位同事去客户那里,这些客户有的年出口额都好几亿,他们大老板总是亲自给我的同事端茶倒水,您知道为什么吗?因为阿里巴巴改变了他们的命运,他们是表达感激之情;如果阿里巴巴没有效果,他们会这样做吗?武总,您说呢!"杨五力此刻好像是势在必得。

"那是当然的了。"武总终于开口说话了。

"武总,您相信您自己吗?"

"当然相信了。"

第三章　孤注一掷

"武总，您相信您的团队吗？"

"他们都很优秀，我相信他们。"

"那就下定决心做阿里巴巴吧，您一定会成功的，一年半载后，每次我来，我相信您也会亲自给我端茶倒水的，一定会的，一定会的。"杨五力又强调了一句，右手握紧拳头。

"哈哈。"武总开心地笑了，"那多少钱呢？"武总问道。

"是这样的武总，我们有两种服务，一种是金牌中国供应商一年6万元，另一种是普通中国供应商一年4万元，购买搜索排名等广告要另外付费，您可以先做个普通中国供应商看看，如果效果好后期可以升级为金牌中国供应商，再买两三个搜索排名都可以的。"杨五力为了活命，给了武总最保守的方案。

"那好吧，就听你的吧，先做个4万的吧。"武总明确表态了。

"没问题，武总，公司的营业执照复印件我需要一张，我把合同写下。"

杨五力拿到武总公司的营业执照复印件，颤颤抖抖地用了15分钟写完服务合同，这样的合同一般5分钟就可以写完，杨五力请武总在合同上盖了章，然后说道："武总，您给我开张支票好吗？"

"那没问题。"武总叫来财务，给了杨五力一张支票。杨五力放好支票，向武总告辞："武总，我现在就回公司处理合同事宜，这几天就帮您开通账户，武总，您相信我，我一定不会让您失望的。"

"好的,以后还劳你费心啊。"武总送杨五力到电梯口告别。

杨五力从电梯出来后,眼泪顿时夺眶而出,万万没有想到这一单来得如此不易,更没有想到自己会在考核期的最后一天才出单,之前积累的万丈信心已被现实无情地摧垮。杨五力给主管周秀兰打了电话,报了喜讯,主管周秀兰在电话里也哽咽了,让杨五力以最快的速度回公司交合同和支票。

经过一场孤注一掷的誓死搏斗,杨五力在阿里巴巴终于活了下来。这个时候上海经理陈星探被调往总部,上海公司经理一职由杨九江接任。

关键词：性格

　　杨五力能够孤注一掷，势在必得地签下大统公司，这与他了解一些性格解析知识有关系。国际上很多学者把人的性格分为力量型、活泼型、完美型和和平型四种，传入中国后，有些专家做了优化，用黄色代表力量型，用红色代表活泼型，用蓝色代表完美型，用绿色代表和平型。还有些专家做了更深一步的优化，用老虎代表力量型，用孔雀代表活泼型，用猫头鹰代表完美型，用无尾熊代表和平型。不管以怎样的方式来描述这四种性格，最关键的是要知道这四种性格类型的特点和应采取的相处方式。

关键词：激情

　　在杨五力攻下大统公司的最关键的几分钟内，杨五力那种让世人无法抗拒的激情最终让他死里逃生，侥幸过关。在杨五力整个职业生涯之中，这种激情不但没有日渐消退，反而与日俱增，这源于他心中的一个梦，一个要成为一位了不起的人，让别人瞧得起的梦。

关键词：细节

　　细节决定成败。杨五力在名片管理和利用权威数据分析工具

方面以及在与武总沟通中对细节的关注体现了一定的细节能力。如果名片管理不善，当时没有找到大统公司武总的联系方式，或者没有利用权威数据分析工具给武总真实的震撼，结果可能就另当别论了。

第四章
追根溯源

侥幸活下来的杨五力,一直心有余悸,反复思考着接下来绝不能再重蹈覆辙,需要停下来静静思考。这一天,正好主管周秀兰邀请杨五力晚上到公司旁边的上岛咖啡喝咖啡,杨五力心想趁着这个机会让她好好帮自己梳理一下。

两个人都很准时,如约而至。点好了咖啡,主管周秀兰开门见山说道:"五力,先问你一个问题,你知道这3个月来我为什么没有怎么管你和帮助你吗?"

杨五力思考了一下:"我还真不知道为什么。"

"有两个点最关键,一是独立,二是珍惜。"主管周秀兰解释道,"首先你自己要经历咱们业务的每一个环节,然后要知道困难和挑战在哪里,能够独立发现和解决问题。我作为主管可以适当指导提醒,但最重要的是来自你自己的感悟,如果我不断用我的思路来影响你,势必会增加你的依赖性,这是3个月来我没有怎么管你和帮助你的最主要原因,你认可吗?"

第四章 追根溯源

"我……我认可的。"感觉杨五力的回答有点勉强。

"咱们团队的单大鹏、高东红和施真金,现在的业绩都排在公司的前列,他们都是这么成长起来的,其中施真金比你更艰难。单大鹏第一个月就过关了,而且谈客户很有思路,很善于挖掘客户的需求。高东红是第二个月月底过关的,她电话销售的能力可以说是公司的王牌,经常与客户第一次见面就拿着写好的合同去了,很厉害。施真金是最勤奋的,也是最艰难的,以后你会听到他的故事。马正芳和夏灵玉这两位也很不错,其中马正芳特别会赞美客户,很容易与客户打成一片,夏灵玉很活泼,客情关系处理得非常好。他们之所以这么优秀就是他们的独立性很强,有自己的优势和思路,你明白了吗?"

"老大,你这么一说,我好像有点明白了。"杨五力觉得有点开窍了。

"另外你通过自己的力量过了关,会倍加珍惜,如果主要依赖他人的协助你的感受就不会如此强烈,当然以后你得学会借力使力了,这个以后再与你说。"主管周秀兰喝了口咖啡,继续说道:"五力,你现在要考虑一个问题了,究竟是什么原因导致你过关如此惊险,我们必须找到问题所在,然后再找出解决问题的方法,你考虑一下,跟我聊聊。"

杨五力简短思考了十几秒钟:"我觉得最主要的原因有三个,一是客户需求,二是工作效率,三是销售技能。"

"能说细一点吗?"主管周秀兰问道。

"好的,关于客户需求,你看,这3个月来,我一直是上门陌生拜访,

敲门进去直接交流,之前都不知道客户是否做外贸,是否有外贸推广计划,也不知道对方是否有外贸人员,对客户的需求一无所知。由于对客户的需求一无所知导致基本上都是无效拜访,客户的时间都是安排好的,所以很多客户无法静下心来与我交流,基本上都是随意打发我走了。关于销售技能,我认为我是太欠缺了,上个月逼死了好几个客户,要不然也不会这么惊险。"

"在这三个原因当中,你认为最主要的原因是哪个呢?"

"最主要的原因我认为是客户的需求。"

"那我想听听你接下来会怎么做呢?"主管周秀兰想了解杨五力接下来工作的思路。

"接下来我会重点在我刚说的三个点上下功夫,客户需求方面有两个策略,一是每天至少打30通电话,绝对不会像之前那样每天在外面毫无目的地陌生拜访。现在想想这3个月来自己就像一只无头苍蝇,只有通过多打电话才能了解客户的真实情况和想法,这样上门拜访才有针对性。"杨五力颇为感慨地叹了一口气。

"那另外一个策略呢?"主管周秀兰追问道。

"另外一个策略就是学习电话沟通技巧,我之前在北京美乐捷直销公司的工作是从来不打电话的,全是上门陌生拜访,现在也受到了这个思维惯性的影响。"

"好的,关于电话沟通技巧我以后会安排团队的高东红帮你,她是从诚信通部门转过来的,她在诚信通的时候是一天到晚打电话,而且是诚信通部门的销售冠军。"

"那太好了,老大,谢谢你。"

"那你说的工作效率如何改变呢?"主管周秀兰继续了解杨五力在工作效率方面的思路。

"在工作效率方面我以后每天至少要约到一家客户,然后再去陌拜。"

"你的销售技能如何提高呢?"主管周秀兰继续问道。

"我个人觉得销售技能是一个蛮大的话题,包括电话销售,介绍产品,处理反对意见以及成交技巧等,不过我最欠缺的是逼单环节如何把握火候,上个月逼死了好几个客户,如果换成其他有经验的同事我想再签两单也不在话下。"

"好的,逼单环节可以划分到成交技巧范围,我后期会给你补课。"

"好的,谢谢老大。"

"五力,你还有什么思路要说的吗?"

"目前就这么多,没有了。"

"好的,五力,今天找你交流最主要的目的就是了解你接下来的工作思路,你刚才的一席话让我很欣慰,这证明近期你思考了很多,也悟出了一些道理,接下来我再帮你整体梳理一遍,以便使你的思路更清晰。"主管周秀兰又喝了一口咖啡,继续说道:"有三个关键词你一

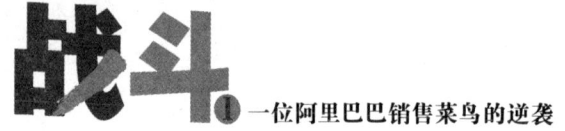

定要深刻理解，一是Who，即客户是谁；二是Where，即客户在哪里；三是How，即怎样让客户签单。这三个关键词你一定要好好悟透，现在咱们就一起分析一下，而且你要认真做书面记录。五力，你先说说咱们的客户他们都是谁，说一说咱们的客户具有怎样的特点，好吗？"

"可以的，能否给我两分钟去下洗手间？"杨五力突然显得有些小紧张。

杨五力从洗手间回来后，主管周秀兰开始帮他释压："五力，不需要紧张的，你怎么想的，就怎么说好了，这个问题是没有标准答案的。"

听周秀兰这么一说，杨五力放松了很多："我认为咱们的客户有以下几个特点：一是正在做外贸的工厂或贸易公司或个体户；二是有想法准备做外贸的工厂或贸易公司以及个体户；三是有适合做外贸的产品；四是有专门负责外贸业务的部门或外贸人员，我就想到这么多。"

"五力，如果对方没有任何增加或开发新客户的想法和计划，你认为他们是我们的客户吗？"

"噢，对了，我们的客户还有一个特点就是有增加或开发新客户的想法和计划。"杨五力恍然大悟。

"还有其他的特点吗？"主管周秀兰问道。

杨五力有点支支吾吾。

"如果对方没有钱，没有预算，他们会购买公司的产品吗？"

第四章 追根溯源

"那不会的。"

"如果下面的人想购买,但关键人决定不买,那结果会如何呢?"

"那单子也成不了。"

"你说得对,关键人决定不买,那单子是成不了的。五力,你现在能否总结一下咱们的客户他们都是谁,总结一下他们的特点,好吗?"主管周秀兰期望杨五力对Who这个关键点有全面深刻的理解。

"好的,咱们的客户有以下的特点:一是正在或者有计划做外贸的工厂、贸易公司以及个体户;二是有适合做外贸的产品;三是有专门负责外贸业务的部门或外贸人员;四是客户有增加或开发新客户的想法和计划;五是客户要有钱;六是关键人愿意购买咱们的产品。"杨五力一口气对Who做了全面的总结。

"嗯。"主管周秀兰满意地点了下头:"五力,接下来我们聊下Where这个关键点,即咱们的客户在哪里,你分析一下哪里会有咱们的客户呢?"

杨五力略微思考了一下答道:"咱们的客户一般都会在写字楼和工业区里,还有展览会里也会有咱们的客户,电话黄页里也会有,各种与外贸相关的杂志里也会有,阿里巴巴的诚信通会员也有可能是咱们的客户,竞争对手的网站里就更多了,还有其他地方,其实蛮多的。"

"五力,你说得很好,关于Where这个问题我协助你做个总结,这

个问题要分不同的纬度来分析,第一我们从办公地址的纬度来分析,答案是写字楼、工业区、SOHO等;第二我们从广告媒体的纬度来分析,广告媒体又分为网络媒体、纸媒体、展览会等,网络媒体中如环球资源、中国制造网、香港贸发局、台湾文笔网等竞争对手有很多咱们潜在的客户,阿里巴巴的诚信通和慧聪网也有不少优质客户;纸媒体中,与外贸相关的杂志都可以关注,尤其是环球资源的行业杂志很有价值;至于展览会、广交会和华交会质量很高,行业性的国际展会不能忽视,如上海浦东的国际五金展就是好资源;第三咱们可以再看下出口数据的纬度,如海关公布的各省出口数据排名,各省市公布的行业或区域出口数据分析等;第四个纬度可以看下出口政策,如中小企业外贸推广扶持基金,单大鹏从这个基金名单里签了好多客户,还有出口退税名单也很有用。我就简单先总结这么多,五力,你觉得怎么样?"

杨五力呆呆地看着主管周秀兰有几秒钟:"老大,你总结得好全面啊,你说的好几个点我都没有想到,不愧是专家啊!"

"你过奖了,五力,这个需要你静下来好好思考和总结的。聊完了Who和Where,接下来我们聊聊How,五力,你先说说你对How的理解吧。"主管周秀兰开始与杨五力探讨How的问题。

杨五力直截了当:"老大,我觉得How就是如何抛促销,如何逼单。"

"哈哈。"主管周秀兰忍俊不禁,"五力,问题就在这儿,新人往往认为签单就是抛促销和逼单,甚至第一通电话或第一次见面就开始抛促销,没有任何前期的需求挖掘和包装铺垫,所以基本上都是失败的。五力,我告诉你 How 至少包含以下几个核心部分:一是需求挖掘、二是产品介绍、三是反对意见、四是包装铺垫、五是成交技巧、六是索要承诺,后面还有合同收款和交叉销售等,签单就好像是在生产车间流水线作业一样,一个环节出了问题,后面的环节一定受影响,或者说销售是一个系统工程,不可能一蹴而就,需要步步为营才行。新人做销售总是急于求成,这是心态问题,欲速则不达,必须把基本功打扎实,否则空中楼阁,只能昙花一现。我今天没有时间一一帮你细讲,只能先帮你梳理一下,你感觉怎样?"

杨五力的眼神发亮,面带愧色:"老大,我一直认为销售很简单,很容易,听你一席话,我感觉销售这份工作水还是很深的,之前在北京美乐捷直销公司做销售还真没这么多讲究,我们一般见到客户就开始介绍产品和抛促销,现在看来我确实要调整我的心态和思路了。"

"行业不一样,销售思路肯定也是不一样的。直销公司一般都是销售 10 块 20 块的产品,当然要短平快,10 块 20 块的产品如果要搞半个月,还要见几次面,那你们都得喝西北风。咱们阿里巴巴属于电子商务行业,得先让客户接受这个理念,并且我们产品的价格少则几万元,多则十几万元,不可能凭你几句话就签单付款,这需要一个过

程,关键是我们要主导这个过程,不能操之过急。五力,你现在感受如何?"

杨五力咽了一下口水:"嗯,我现在感觉我还停留在之前做百货直销的阶段,所以我必须快速调整,把销售每个环节的基本功打扎实,然后再灵活应用。"

"你这么说就对了,五力,最后我还有一个建议给你,那就是你要把 Who、Where、How 看成是三个大漏斗,你要去思考每个漏斗最上端是什么,中间是什么,最下端是什么,然后如何去运用这三个漏斗。今天已经比较晚了,这个问题就当作家庭作业吧,你今晚回去好好思考下,明天上午 10 点你找我下,我期望能够得到满意的答案,好吗?"主管周秀兰用心良苦,在引导杨五力如何去思考问题。

"没问题,老大,我今晚回去会用心思考的,通过今晚与你的交流,我有醍醐灌顶、茅塞顿开之感,我一定会加倍努力,不辜负你的期望。"杨五力充满感激之情。

"这都是我应该做的,五力,不要客气,我认为你是一棵好苗子,有激情,有梦想,你一定是未来之星。"

"谢谢老大,我一定能做到。"

这一晚,是杨五力的不眠之夜。

第二天上午 10 点,杨五力在主管周秀兰开完会后来到了她办公桌旁:"老大,你布置的家庭作业我昨晚思考了很久,想与你聊聊。"

第四章　追根溯源

"好的，走，我们去小会议室。"

到了小会议室，两人坐下，主管周秀兰打趣到："五力，昨晚失眠了吧！"

"哈哈，是的，老大你火眼金睛啊！昨晚确实很晚才睡。"

"那家庭作业一定是完成的不错喽。"

"那不敢说，还要看你是否满意呢！"

"噢，那你就聊聊吧，三个漏斗如何理解和运用。"

"好的，我先说下对 Who 漏斗的理解，我个人觉得最上层是符合条件最少的客户，中间是符合条件较多的客户，底端是符合条件最多的客户，比如上层的客户是没有产品，没有外贸人员，没有资金，关键人也没有意向，也没有推广计划等，上层的客户需要长时间培养；中间的客户可能有产品，有外贸人员，也有资金，但关键人可能没有意向，也没有推广计划等，中间的客户需要较短时间培养；最底端的客户是最好的客户了，可以说符合所有的条件，客户有产品，有外贸人员，有资金，关键人也有意向，也有推广计划等，这些客户是最容易签单的。老大我说的有道理吗？"

"嗯，有道理，那这个漏斗如何去运用呢？"

"我认为这个漏斗要倒着用，我们要先与漏斗最底端的客户沟通交流，因为这些客户签单率高，我们每个季度都有考核，不可能只培养客户，不签单，这样就被淘汰了，你说对吧，老大。"

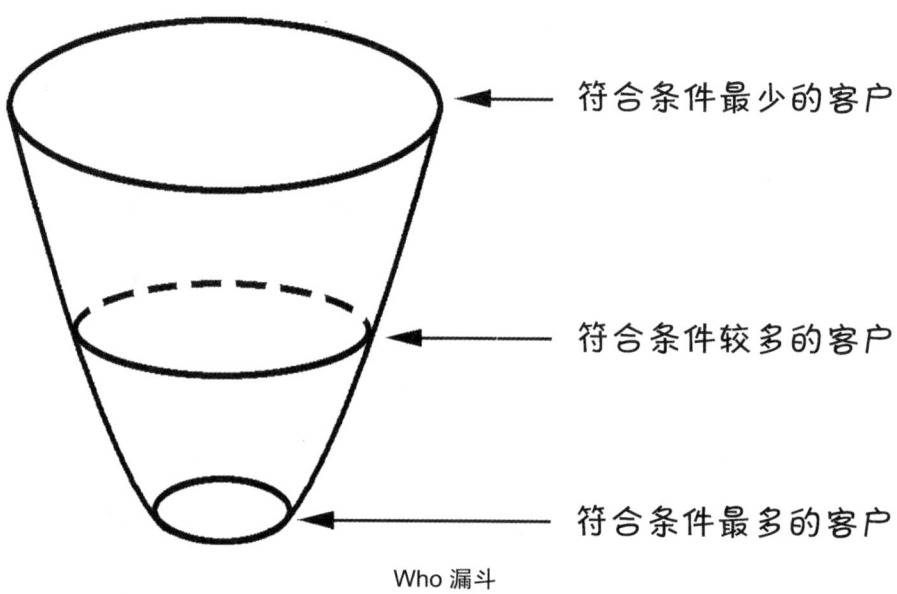

Who 漏斗

"你说得很好，五力，你可以利用二八定律，把 80% 的时间花在最底端的客户，把 20% 的时间花在中间端的客户，这样你就进入良性循环了，明白吗？五力。"

"也就是说把大部分时间投到最有可能签单的客户身上，把小部分时间投到需要较短时间培养的客户身上，最上端的客户基本不需要投入时间，因为培养周期太长，我们耗不起，对吧？"

"你可以这么理解，不过客户是动态变化的，只要是潜在客户都应保持一定的频率跟进。五力，你再说说对 Where 漏斗的理解和运用吧。"

"好的，我对 Where 漏斗的理解是最上端是我们潜在客户最少的渠道，比如我认为写字楼里潜在客户就少，我跑了 3 个月也没跑出几家好客户，否则我上季度过关就不会这么惊险了；中间是我们潜在客户较多的渠道，比如工业区，据了解，扫工业区比扫写字楼签单率要高；最下端是我们潜在客户最多的渠道，比如竞争对手的客户，一些国际展览会的客户，这些客户可以说是 Who 漏斗最下端的客户，质量非常高，只要能够说服关键人，签单几率是很高的，所以我认为 Where 漏斗也要倒着用，要先从潜在客户最多的渠道下手，这样可以事半功倍，老大，我说得没错吧？"

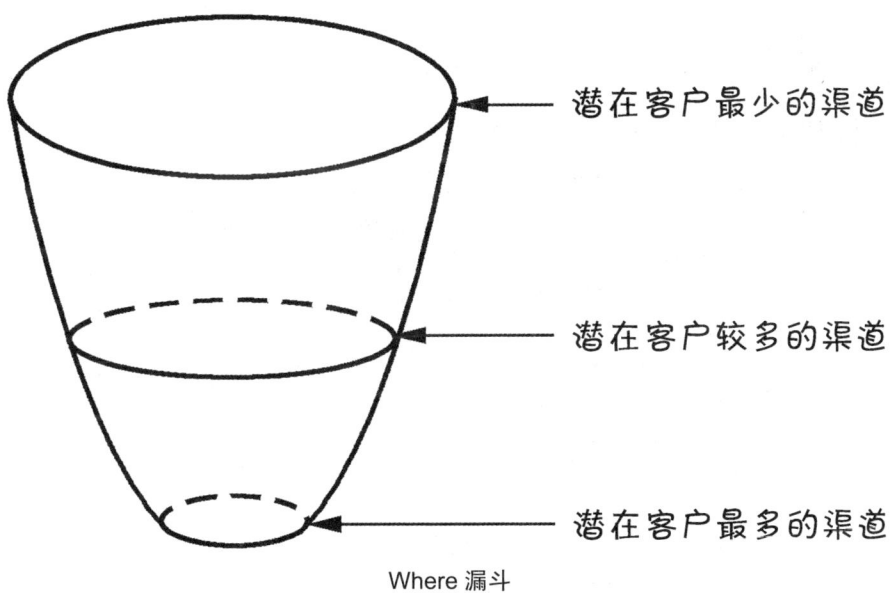

Where 漏斗

"五力，现在有点小悟性吗，嗯，你刚才说的都很有道理，一句话，选择比努力重要，客户开发的渠道按照你刚才的思路是可行的，最后

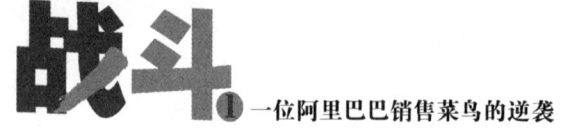

你再说下对How漏斗的理解和运用吧。"

"好的,我对How漏斗的理解是要按着谈客户的流程逐步深入,不能越级,否则会出现不可控的局面。"

"五力,你对谈客户的流程是怎样理解的?"

"昨晚你提到过谈客户的流程,我记得是先从挖掘客户的需求开始,然后是介绍产品,处理反对意见,接下来是包装铺垫,成交技巧,索要承诺,最后是签合同,收款,交叉销售,是这样吧?老大。"

"你记忆力还真不错,你现在知道在每个环节如何运用和把握吗?"

"那我差得远呢,还需要好好学习。"

"How漏斗如何运用知道了吧,五力。"

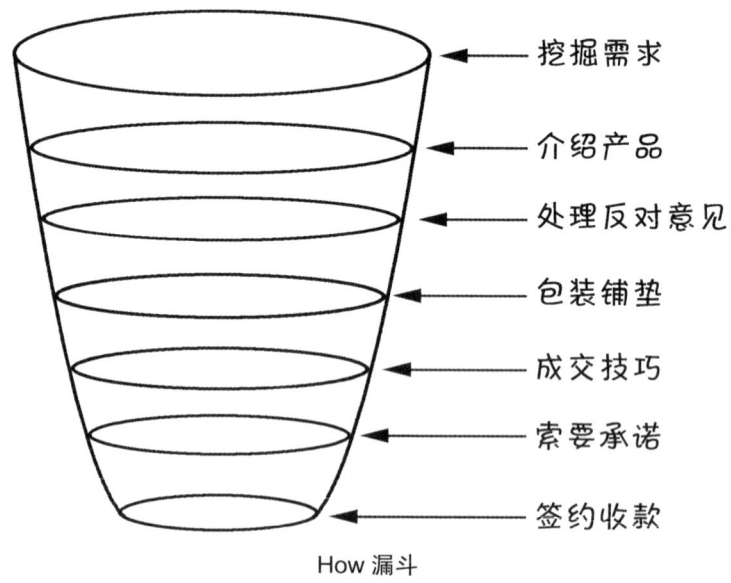

How漏斗

"我觉得 How 漏斗就要按照漏斗模型正着使用,不像 Who 漏斗和 Where 漏斗要倒着使用,如果越级使用就会出现不可控的局面。"

"非常棒,五力,看得出你昨晚确实认真思考了,也感觉到你的潜力无限大,我相信你在不久的将来可以成为销售冠军。"

"有你的鼓励,老大,我信心倍增啊!如果早两个月我们能有这样的沟通,我应该能少走很多弯路啊!"

"五力,你不吃黄莲永远不知黄莲有多苦,有些弯路是要走的,有句话叫作玉不琢不成器,你应该明白吧。"

"是的,老大,我明白了,谢谢你如此用心良苦。"

"五力,我在培养团队的英雄,因为英雄多了,一定可以带出英雄的团队,你能理解吗?"

"老大,这有点深奥啊,我慢慢理解吧。"

"有一天你会明白的。"

"老大,不管怎样,我不会让你失望的。"

"这个我相信,五力,接下来有三件事对你特别重要,一是学会电话筛选客户;二是学习挖掘客户需求的技能;三是系统地提升销售技巧。电话筛选客户我会尽快安排高东红培训你,挖掘客户需求的技能由单大鹏负责,我自己会负责系统地提升你的销售技巧,今天就谈到这儿了,中午我安排高东红、单大鹏咱们一起吃午饭,顺便我把相关培训铺垫下。"

"谢谢老大。"

关键词：独立

销售高手往往独立性都很强，他们不会过多地依赖团队和上级，而是要形成自己独特的销售风格和系统性的打法。周秀兰用心良苦，她在培养英雄的团队，所以希望团队能够拥有更多的英雄。

关键词：漏斗

通过 Who 漏斗模型、Where 漏斗模型以及 How 漏斗模型，可以清楚地知道哪些客户最有可能成为我们的客户，哪些渠道转化率可能最高，使用怎样的谈判流程和方法最有可能攻下客户。漏斗模型分析法同样适用于我们平常生活和工作所需要的决策和选择。

关键词：源头

如果销售长时间没有大的突破，一定要回头去分析每一个环节，找到那块最短的木板，只有这块最短的木板拉高了，整桶水才能越来越满。

第五章
真假难辨

这一天,在主管周秀兰的安排下高东红准备给杨五力做一天电话筛选客户技巧的培训。高东红比杨五力早三年加入公司,之前是诚信通产品销售冠军,转到中国供应商团队也就半年的时间,不过现在已经崭露头角,业绩可以排到上海公司45名销售的前10名。杨五力之前从来没有做过电话销售,对今天的培训有着莫名的压力,他担心会遇到巨大的挑战。

早上9点钟,杨五力准时来到了高东红提前预定好的小会议室,高东红也正好在等他,杨五力向高东红打了个热情且富有激情的招呼:"东红姐,早上好。"

"早上好,杨五力,你很有激情呀,看样子昨晚睡得不错。"

"那是的,因为这几天心情不错。"

"噢,有什么喜事吗?"

"前几天与老大深度沟通了一下,感觉豁然开朗,茅塞顿开,信心增加了很多。"

"是这样啊，那就好，方向对了，路就不远了。"

"哇，东红姐，你说话好有哲理啊。"

"我是过来人而已，你走的弯路我都走过，可能还会比你多。"

"不过，东红姐，你现在已经很厉害了，在电话销售方面上海公司几乎没有人能超越你。"

"你太过奖了。五力，今天的培训我想分三个部分，分别是实战操作、技能讲解和实战演练，也就是第一部分，你先找个客户做个电话销售，我看一下，心里有个数；第二部分，我把我理解的电话销售技能与你分享下；最后一部分，我打个销售电话给你看，让你参考下，有个方向，这样安排你觉得如何？五力。"

"没问题，可以的，东红姐。"

"好，那我们就这样安排，你准备下，在 CRM 公海里找家客户做个电话销售，或者在诚信通里找家客户也行，不过要查下冲突，看是否有同事跟进，好吧。"高东红说话干净利索，条理清晰。

杨五力的表情顿时显得尴尬，脸色泛红，杨五力从来没有做过电话销售，也没打过一个电话给陌生客户，此时杨五力的压力可想而知。高东红看到杨五力非常紧张，于是马上帮他释压："五力，你无需有任何压力，你怎么想的就怎么去做，就是做得不好也没有任何人笑话你，就是因为做得不好才要学习的，是吧，就当今天咱们俩一起做个游戏，行吗？"

经高东红这么一说，杨五力表情轻松了许多："好的，我等下从

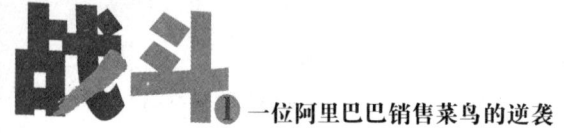

一位阿里巴巴销售菜鸟的逆袭

CRM公海里找家客户做次电话销售,你帮我指点下。"

杨五力打开电脑,在阿里巴巴CRM公海里找到一家国际贸易公司,无人跟进,于是按照上面显示的电话号码打了过去,对方应道:"您好,这里是大英国际贸易有限公司,请问有什么可以帮到您吗?"

杨五力马上回答:"您好,我是阿里巴巴的,我们是做出口推广服务的,不知道你们是否需要做阿里巴巴?"杨五力的语速急促,气喘吁吁,好像刚刚一口气从1楼爬到10楼,豆大的汗珠已云集前额。

对方回复道:"这个我们不需要的,谢谢。"对方挂掉了电话。

杨五力拿着话筒愣了几秒钟,好像依依不舍的样子。高东红说道:"好了,五力,情况我知道了,你确实属于电话销售的初级阶段,没有明显的套路和打法,接下来我就与你分享我关于电话销售的一些心得吧。"

高东红拿了一只白板笔在旁边的白板上写了两个字"目的",然后对杨五力说道:"五力,首先我要与你探讨几个关键的问题,第一个是'目的',你先想一下我们打电话的目的是什么?"

杨五力略微思考了一下:"我们打电话的目的就是为了签单啊。"

"你的回答严格说来也不算错,应该说我们打电话的最终目的是为了签单,但前期的电话沟通只是为了筛选客户,是为提高有效拜访服务的。你自己分享过,在外面做陌生拜访效率太低,那就是因为所有的客户你都是在不知对方需求的情况下上门拜访的,当然效率低。打电话的前期目的就是要把没有需求的客户淘汰掉,把有需求的客户挖掘出来，然后做进一步跟进沟通。五力，你听得明白吗？"

"我听得明白，我有个疑惑，我们直接通过电话完成销售很困难，是吗？"

"当然困难了，1%的机会都没有。我们的产品不像我之前卖的诚信通几千块而已，而是最低4万元，多则6万元，10万元，20万元，客户怎么会通过你的一个电话就答应购买呢？况且就算你运气好，客户在电话里答应购买了，你还不是要上门签合同，收款，你说呢？"

"是的，你说得对。"杨五力若有所悟。

"五力，你必须彻底从你之前的百货直销思维模式中解脱出来，在咱们这样的公司要讲究打法和策略，不能像你之前的短平快，除非是银行的员工通过电话向信用卡客户兜售保险，他们也是要短平快的，但我们不是，这点你明白了吧？"

"我明白。"

"好，这一点是最关键的，搞清楚了我们打电话的目的，我们才能有针对性地研究相应的策略。接下来我与你探讨第二个重要的问题，一个成功的筛选电话，或者叫有效电话关键是什么？"

"这个问题我还真要认真考虑下，行吗？"

"没问题，给你2分钟的时间。"

大概过了1分钟的时间，杨五力答道："我觉得关键是客户表明了做还是不做阿里巴巴。"

"你的答案好干脆哦,做还是不做阿里巴巴,不过客户一般都不会这么明确的,电话里的信息是真假难辨的,不像面对面的交流可以通过客户的眼神和动作加以判断,咱们中国人又都是很含蓄的,所以客户一般不会直接表达自己的想法或意向,需要我们去引导和挖掘。我与你分享下有效电话关键是什么,这个关键可以叫作MAN法则。"

杨五力问道:"东红姐,MAN法则是什么意思呢?"

高东红在白板上写了几个英文单词:Money、Authority、Need。

"五力,MAN法则你可以理解为M是有预算,客户有钱,A可以理解为Key Person,就是我们平常说的关键人,N就是客户有做阿里巴巴的需求。"

"那我应该怎么做呢?"杨五力不解地问道。

"也就是说,能称之为一个有效电话的,你必须联系到了关键人,并进行了沟通,关键人一般是老板、总经理,至少是外贸经理,在得到了关键人的态度,也就是有无需求做阿里巴巴的想法后便可算一通有效电话拜访。"

"那客户明确表态说不做阿里巴巴,也能算一通有效电话拜访吗?"杨五力带有疑虑地问道。

"只要是关键人表明了态度,不管是否有需求做阿里巴巴,都可算一通有效电话拜访,如果在与关键人沟通的基础上,对方又有进一步了解阿里巴巴中国供应商产品的需求，且有相应的投资预算，就可算一个潜在客户了。"

"东红姐，你这么一说我明白了，找到关键人，有需求，又有钱那是最好的，是吧？"

"那当然了，这样的客户基本上就可以签单了，哈哈。"

"我现在最怕的是如何找到关键人，公司一般都有前台的，前台都不给转吧，我之前在北京的时候前台都不让进门，都在门口贴着'谢绝推销'，看着心里都发毛。"

"哈哈，又想着直销了，那我就先与你分享关于找关键人的内容，其他两项内容在后面与你分享。关于如何找到关键人是新人面临的最棘手的问题，甚至很多老员工都突破不了这个难题。我个人的心得是突破点在关键人的姓名或至少知道关键人姓什么，有了这个信息那么联系到关键人就比较容易了。那问题是如何知道关键人的姓名或姓呢，我自己有以下几个方法，这些内容你最好记录下：第一，看公司CRM里显示的联系人职位和联系方式，当然，这些信息只能参考；第二，在诚信通、中国制造网、环球资源，再或者是慧聪网上看该公司是否是会员，诚信通的企业认证资料里有公司法人的姓名，这一点非常重要；第三，登录上海市企业联合征信网 http://www.credit.net.cn，输入完整准确的公司名称，点击确认后公司在征信系统里的基本信息就会显示，内容也包括公司的法人姓名，这一点同样非常重要；第四，比较有规

模的公司我会在百度上直接搜索××公司总经理,或者××公司董事长,这样做往往可以得到满意的答案;第五,可以通过客户的同行介绍,当然客户的同行要与你比较熟悉,等你做久了就会有很多老客户,他们会给你分享一些同行的故事,里面有含金量的,要留意;第六,如果千方百计都无法得到客户关键人的信息,我就会与公司同事配合,我与单大鹏经常配合,我让他以上海对外贸易协会的名义打电话到客户那边,然后通过发送会议邀请函的方式,或者寄送贺年卡的方式从前台得到需要的信息。"

"这样客户知道了会不会认为我们是在欺骗?"杨五力略皱眉头问道。

"这只能说是善意的谎言,最终还是为了客户好,到目前为止没有任何客户提出这样的质疑。"

"好吧,我想这么做也是到了死马当活马医的地步了,对吧,东红姐?"杨五力稍有幽默地问道。

"其实前面几种方法基本上就可以获得关键人的信息了,用刚才说的这种方法确实寥寥无几,你不必有心理负担。"

"这个我不会有负担的,我在想如果我们知道了关键人的信息后,如何能够打通对方的电话,然后进行有效沟通呢?"

"知道关键人的姓名咱们就成功一半了,如果知道关键人的手机号或者直线电话就可以直接打过去,具体的说辞我后面与你交流,问题是在只知道关键人姓名的情况下新人不知如何通过前台找到关键人,往往被前台的问题困住,不知如何回答,担心回答了是阿里巴巴的员工,前台就肯定不会转了。"

"是啊,这也是我觉得发怵的地方,东红姐,你是怎么做的呢?"杨五力感同身受。

"我说过,只要知道关键人的姓名我们真的就成功一半了,那通过前台转给关键人的重点是要让前台强烈地感觉到你和关键人是熟人,所以要讲究语气和说辞,语气要自然、平和、流畅,说辞的重点是什么身份,即你要告诉前台你和关键人是什么关系,前台一般都会问您是哪里呢?就这一点,我的心得是有三个身份:我用的最多的是好朋友的身份,比如关键人姓杨,我会告诉前台我是杨总的好朋友阿红,让前台强烈地感觉到我和杨总不是外人。"

"哇,确实厉害,东红姐,这个我认为需要很强的心理素质,是吧?"

"还好吧,只要自信,坚定就好。另外两个身份是老同学或者老客户,思路是一样的,但要随机应变,要应对前台突如其来的问题,总之,再强调一下,只要知道关键人的姓名我们真的就成功一半了,你能认可吗?五力。"

"东红姐,这个我认可的。那如果关键人接通了电话,我们该怎么说呢?"

"问得好,五力,这就涉及到与关键人沟通的问题了,这个问题我等会儿再与你交流,接下来我与你探讨另外一个问题,一个有效电话

的流程应该是怎样的，五力，这个你需要思考吗？"

"这个我不需要思考的，第一步肯定是打招呼、第二步是自我介绍、第三步是介绍产品、第四步是看客户是否需要，接下来我就不知道了。"

"这好像又是你搞百货直销的那一套，你又来了，不过部分内容是正确的。我个人是把与关键人的初次电话沟通分为6个环节，分别是前期准备、高效开场、挖掘需求、介绍产品、处理反对意见和铺垫上门拜访。"

"要分6个环节，要分这么多啊，东红姐，你能详细介绍一下每个环节是如何操作的以及注意事项吗？"显然杨五力特别在意这部分内容。

"没问题的，那接下来的内容应该是我今天给你培训的核心内容了，你一定要重视。首先我与你分享一下第一个环节，我发现一个问题，就是基本上所有的新人，包括数量不菲的老员工在打筛选电话的时候都是在没有特别准备的前提下直接拨通客户的电话，我所说的准备包括最重要的两点，一是产品，二是同行。产品是指咱们最起码要知道客户是做什么产品的，你不能打电话问客户是做什么产品的，那样显得咱们不了解客户，也不专业。"

"东红姐，有什么方法知道客户做什么产品呢？"杨五力饶有兴趣地问道。

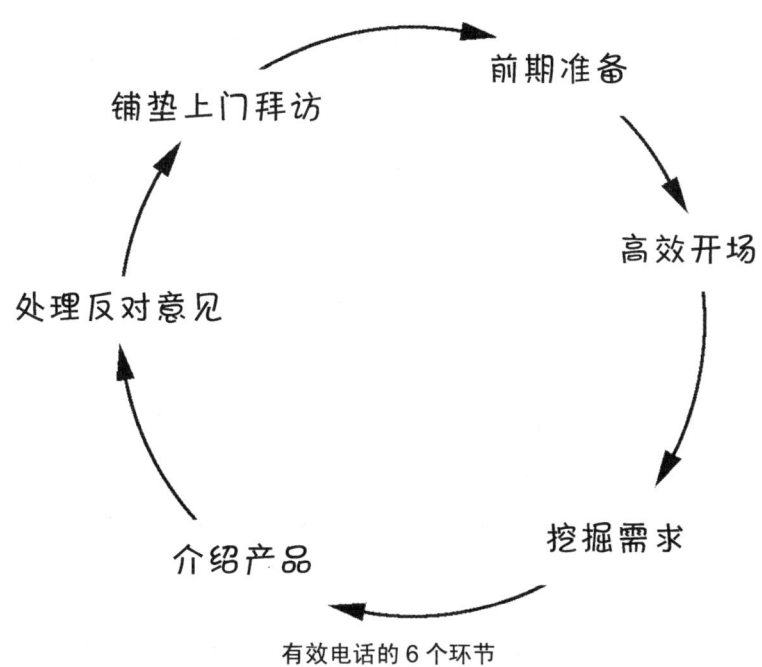

有效电话的 6 个环节

"通常是通过网上查找,有自己官网的客户很容易知道他们是做什么产品的,没有官网的客户一方面看是否是阿里巴巴国际站之前的免费会员,是否发布过产品信息,另外看客户是否是咱们竞争对手的客户,在中国制造网、环球资源上面搜索一下,如果有产品发布,那不就得到答案了吗?如果没有,再看一下是否是诚信通、慧聪网的会员,再或者在百度上直接搜索客户公司的名字,看是否有招聘的信息,是否有参加展会的信息,里面会有相关产品的介绍。"

"东红姐,你工作确实做得很细啊,你是否遇到过不管什么方法都

用过了,也没有得知客户相关产品信息的情况呢?"

"这样的情况还是经常发生的,那我就与客户的基层业务员交流,从他们那里获得我想要了解的信息,总之保证在我与客户的关键人沟通的时候,让关键人感觉到我是比较了解客户的,而且是有备而来的,不是那种在地摊上瞎吆喝的小商小贩,也不是在大马路上随便兜售商品的低级销售员。"

"东红姐,你这么一说我感觉到咱们这么做其实是在争取赢得关键人的认可和信任,对吗?"

"你说得很对,我比较反对那种不分青红皂白就直接打电话到客户那里问阿里巴巴做不做,这样给客户的感受不好,对自己的成长也没什么好处,因为客户会感觉打电话的这个人是一位非常普通的销售员,不值得信任。"

"明白了,东红姐,你刚才说了两点,一是产品,二是同行,同行怎么理解呢?"

"刚才的产品我再补充一点,就是在你得到客户的产品信息后,最好准备一下与客户产品相关的英文关键词,比如说客户是做地板Flooring 的,那你一定要了解和准备下与地板 Flooring 相关的热门关键词的中英文,如实木地板是 Wood Flooring,强化地板是 Laminate Flooring,竹地板是 Bamboo Flooring 等。这样做的原因是要让关键人知道不仅咱们知道客户是做什么产品的,而且对客户的产品是有一定了解的，这样就可以快速破冰，让关键人给予信任，对推动后期的合作大有益处。至于同行，我的意思是准备几家与客户同行业的已经与阿里巴巴合作的公司信息，包括合作年限、投资方案、询盘数量、成交情况等，这些信息不仅可以用于前期的沟通交流，也可用于后面解决反对意见阶段。"

"那这些同行信息如何收集呢？"杨五力有些疑惑。

"这就需要你主动与公司的同事多交流了，包括外区域的同事，交流多了，你积累的信息自然也就多了。"

"好的，我明白了。东红姐，我另外问个问题，你平均每天打多少个电话呢？"

"我一般情况下每天至少打50通电话。"

"每通电话的时长是否有讲究呢？"

"我每通电话的时长一般控制在5分钟左右，特别有意向的会控制在10分钟，极少的客户我会用15分钟的时间。我说过，打电话的目的是筛选客户，而不是客户谈判，真正的客户谈判一定要面对面，具体原因我解释过的。关于电话量我建议你以后也每天至少50通电话，不过要注意每通电话的时长，要快速判断，简单高效，不要与客户过多聊家常或说废话，否则半天时间打不了50通电话。"

"东红姐，你是说一定要在半天时间内完成50通电话吗？"

"是的，因为你还得花半天时间去上门拜访8～10家客户，不可

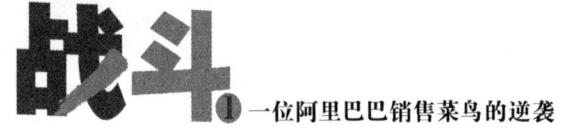

能全天都打电话的,否则上门拜访量肯定完不成的。"

"好的。东红姐,我还有个疑问,如果一天打50通电话,这50家客户都属于不同的行业,那产品资料和同行信息如何准备呢?这要花大量的时间呀。"

"这个问题好。我的做法是一段时间开发一个行业的产品,我是按周开发产品的,我会提前详细准备一个行业的产品资料和同行信息,然后在一周内专注于这个行业客户的开发,也就是说我准备了一个行业的产品资料和同行信息,但这些资料和信息我用于几百家甚至是上千家客户的沟通,这样就比较高效、快速。"

"这真是个好主意,东红姐,你太棒了。那这些需要打电话的客户资料你是如何寻找到的呢?是每天随机寻找吗?"

"那肯定不行,随机寻找效率太低,我是每天晚上下班回家之前用2个小时的时间进行寻找和整理,一方面要符合咱们的要求,另一方面这些客户不能处于其他同事跟进中,所以工作量还是比较大的。"

"难怪你做得这么好,东红姐,你又勤奋、又细心、又智慧,未来你一定是全国的销售明星。"

"你太会夸奖人了,我可没那么大的野心,做最好的自己就好了。"

"东红姐,你谦虚了。那如果产品资料和同行信息都准备好了,下一步该怎么做呢?"

"下一步就是高效开场了,打通或接通关键人的电话后要简单高效,清晰明了，也就是几句话就可以完成开场破冰，这里有几个关键要素：一、确认身份并问候加自我介绍；二、与客户建立融洽关系；三、及时切入，吸引客户注意力，进入挖掘需求环节。'确认身份并问候加自我介绍'这个比较简单，我等下与你做个演练你就知道如何说了。'与客户建立融洽关系'可以通过以下几点做到：说出客户的相关信息；第三方介绍，适当赞美客户；通过产品和行业的信息。'及时切入，吸引客户注意力，进入挖掘需求环节'这个要找准切入点，而且要及时，不要拖泥带水。五力，咱们俩做个演练，你扮演客户，假如你是做实木地板的菲尔公司的杨总，好吗？"

"没问题，你开始吧。"

高东红：您好，是杨总吗？

杨五力：是的，你是哪位？

高东红：您好，杨总。我这里是阿里巴巴国际站打过来的，我是高级服务顾问高东红。

杨五力：你好，你有什么事吗？

高东红：是这样的，杨总，我今天致电过来是因为我最近在网上看到了一篇新闻报道，内容是咱们菲尔公司已经是国内地板行业的名牌企业，拥有占地200多亩的工厂，年产值已经突破5亿人民币，确实很了不起，杨总您管理有方，很善于经营啊。

杨五力：过奖了，你有什么事吗？

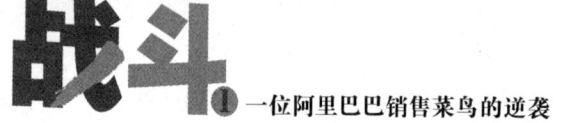

高东红：是这样的，杨总，咱们国内的生意已经做得这么大了，不知道出口接下来是否会更加重视呢？

杨五力：当然会重视了。

高东红：能否冒昧地问一下，出口目前能占咱们菲尔公司销售额的多少比重呢？

杨五力：目前还很少，只有5%吧。

高东红：那咱们菲尔公司有加大对出口的推广和投入是吧？

杨五力：可以这么说吧。

"好了，五力，演练就先到这吧，你总体感觉如何？"

"东红姐，我总体感觉你的沟通很流畅、很简洁、很高效，很有功力。"杨五力不乏赞美。

"客气。这就是高效开场，我只是告诉你大概的流程，你要灵活运用，不要照本宣科，生搬硬套，那就没意思了。接下来的挖掘需求主要是通过开放式或者封闭式的问题来引导客户说出及认识到自己的需求，但电话里挖掘需求比较直接和简单，不同于面对面的客户谈判，可以直接或间接地引导，也可以明里或暗里地铺垫，这方面单大鹏是专家，他会给你培训的。"

"东红姐，那一般都问些什么问题呢？"

"我的经验是紧紧围绕客户最有可能的需求提问题，客户有很多显性的需求，也有很多隐性的需求，但有两个需求一定是共通的，那就是开发新客户，获取新的订单和针对公司和品牌的推广，所以我经常问的问题有：杨总，咱们公司外贸这一块今年是否有通过电子商务开发新客户的计划呢？杨总，咱们公司今年是否有通过全球知名的电子商务平台加大对品牌的推广呢？这两句话是我最经常问的，当然第一句主要用于小公司，中大型的有品牌的工厂或企业这两句都会用的。"

"那客户说我们没有这样的计划，你会怎么做呢？"

"我会追加一句：'杨总，您的意思是说今年没有推广的计划，明年初会有，是这样的吧？'客户如果肯定地说最近几年都不考虑，我就会果断放弃；如果说明年会有计划的，我就暂时把这个客户归为C类客户，哪天在这个客户附近拜访的时候顺道直接去沟通下，因为电话里的内容是真假难辨的，也许客户是敷衍，所以一定要面对面地去判断一下。"

"东红姐，你在电话里会介绍阿里巴巴中国供应商的产品吗？"

"好问题，这正是我接下来要说的。很多客户会问你们阿里巴巴有什么服务呢，需要多少钱，这就是关于产品介绍和方案报价的问题，产品介绍我会简明扼要地突出重点，方案报价我一般不会在电话里沟通。"

"介绍中国供应商产品的时候你怎么说呢？"杨五力急不可耐。

"我的介绍内容是这样的：'阿里巴巴就是一个永不落幕的在线广交会，中国供应商服务的核心内容就是在这个永不落幕的在线广交会

里您将拥有一个专属的金牌店铺，基础服务有产品发布、形象展示、视频展示等，其他还有增值服务如搜索排名、黄金展位等。'我一般就这么介绍。"

"客户让你报价你会怎么说呢？"

"我的态度很明确，尽量不要在电话里谈方案和报价，我建议这样的说辞：'杨总，阿里巴巴的投资费用是要根据您的期望值来说的，所以改天在您方便的时候我到咱们公司来一起探讨一下您的期望值，然后给您一个特别有针对性的投资方案，您看这样可以吧。'这样说的话客户一般都会接受的，五力，你觉得如何？"

"这样说让客户感觉到是在为他着想，而且我们也避开了在电话里谈价格的忌讳，真是一箭双雕啊，太好了。"

"关于我提到的解决反对意见在电话里涉及不多，反对意见在面对面的客户谈判中会涉及非常多，上次吃饭时老大不是说她会负责系统提升你的销售技能吗，肯定会包括这部分内容的。"

"好的，那今天的培训还有其他内容吗？"

"除了反对意见，那就是邀约或铺垫上门拜访了，这个非常简单，我相信你一定可以搞定的，等会儿我找家客户现场打个电话，你在旁边认真听下，就算是现场真实的战斗了，如何？"

"那我是求之不得啊，东红姐。"

高东红在诚信通平台上找到一家叫上海旭日木业有限公司的企业，

正好总经理谭总的手机联系方式有显示，高东红浏览了一下旭日木业的企业介绍，然后拨通了谭总的手机号码。

高东红：您好，谭总。

谭总：你好，你是哪位？

高东红：谭总，这里是阿里巴巴国际站打过来的，我是高级服务顾问高东红，您现在说话方便吗？

谭总：方便的，你说吧。

高东红：谭总，最近我了解到咱们旭日木业公司是做实木地板的，而且在闵行区有自己规模不小的工厂，公司特别重视品牌和企业文化，谭总，您在管理方面真是独具匠心啊。

谭总：过奖了，你打电话过来是什么意思呢？

高东红：谭总，我想请教一下，咱们公司外贸出口现在能够占多少比重呢？

谭总：外贸我们刚开始做，只有5%左右吧。

高东红：谭总，那咱们公司外贸这一块今年是否有通过电子商务开发新客户的计划呢？

谭总：听说你们阿里巴巴太贵了，要十几万元呢。

高东红：谭总，您是担心阿里巴巴的性价比不高，是吗？

谭总：可以这样说吧。

高东红：那除了性价比，您还担心什么问题呢？

谭总：我担心都是小订单，没效果。

高东红：谭总担心的是投资回报的问题，其实与前面的问题是相关的，那谭总，还有什么问题是您担心呢？

谭总：那暂时就没有了。

高东红：谭总，您的意思是说如果我能很好地解决这两个问题您会考虑投资阿里巴巴，是这样吗？

谭总：应该是吧。

高东红：好的，关于第一个问题，谭总，阿里巴巴的投资费用和性价比是要根据您的期望值来说的，所以改天在您方便的时候我到咱们公司来一起探讨一下您的期望值，然后给您一个特别有针对性的投资方案。关于第二个问题，谭总，目前全国已经有200多家做地板的企业投资阿里巴巴了，其中不乏行业的龙头企业呀，如安达信、圣象等都已经是两三年的老客户了，每年投资多达二十几万元，如果没有效果，第一年会投资，那第二年还会投资吗？至于订单的大小，我个人的感受是大客户也是从小订单做起的，小客户也可以成长为大客户，谭总，我说的有道理吗？

谭总：嗯，有一定的道理。

高东红：谭总，我正好明天下午到闵行纪翟路去拜访一个客户，我想顺便过来目睹一下您的风采，可以吗？

谭总：你太会说话了，明天下午2点我有个会，你下午4点过来吧。

第五章　真假难辨

高东红：好的，那我就明天下午4点准时过来，谢谢谭总。

谭总：不谢。

高东红刚挂掉电话，杨五力在旁边热烈鼓掌："东红姐，你这通电话真是行云流水，一气呵成，不卑不亢，有理有据啊，真不愧是电话沟通高手，我今天是学到了。"

"五力，你过奖了。今天的培训到这里就基本上结束了，我对你有个要求，你要按照今天给你培训的思路写十几个不同的电话沟通脚本，可以是不同的行业、不同的产品、不同挖掘需求的说辞和方法，也可以是不同的介绍产品的说辞，不同的解决反对意见的说辞，等等。"

"有时间上的要求吗？"

"这个我就不给你明确的时间要求了，你边摸索，边积累，你觉得有好的灵感或者好的说辞就写下来，日积月累，你就游刃有余了。刚开始打电话的时候甚至拿着脚本给客户沟通也没问题的，时间久了，你就可以脱稿了，有好的说辞和思路说不准我也可以用呢，咱们相互学习。"

"东红姐，你好谦虚哟，我哪儿有东西让你学习啊。"

"这可不一定的，说不准以后你会超过我的。我再强调一下，我与你分享的更多是思路，或者说是思考问题的逻辑。学会思考和分析问题，不仅是电子商务行业，就是你换家公司卖保险、卖汽车、卖房子也是可以成功的，五力，你说呢？"

"是的,东红姐,我认可。"

"好了,今天就到这了,五力,祝你好运。"

"谢谢你,东红姐,我一定会加油的,不会让你失望的。"

杨五力做了一个标志性的动作,右手握紧,连喊三声"战斗!战斗!战斗!"

高东红与杨五力的电话销售培训圆满结束了。

关键词：电话

对于销售高手，电话能力一定是基础之一。当然，现在随着科技的进步，网络沟通能力也日趋重要。销售高手特别善于利用电话或者网络沟通提高对优质客户的甄别力度，高手除非不出手，一出手就知道有没有。这些高手见到客户往往直接进入到介绍产品环节或者直接拿出合同签约完事，当然这要基于非常深厚的功力，就像高东红这样的人物。

关键词：环节

平常接触到的电话销售，有推销理财产品的、有推荐无抵押贷款的、有销售二手住宅和商铺的、有邀约免费参加儿童英语试听课的、当然还有保险公司卖保险的，等等，这些电话销售90%以上都是单刀直入，赤裸裸地销售，我敢断定，这些电话销售所接触的客户中90%以上都是快速挂断电话的，剩下的也聊不上几句。专业的电话销售必须谙于环节，精于说辞。几个重要的电话销售环节必须重视：前期准备、高效开场、挖掘需求、介绍产品、处理反对意见、邀约上门拜访或者提出成交要求。

关键词：判断

电话销售中，销售人员通过电话往往未必能够得到最真实的信

息，这有可能是客户没有时间，有可能是客户敷衍了事，也有可能是销售人员还没有得到客户的信任。所以，在保持高要求判断客户的前提下，对于以面访为主要作业方式的业务尽可能与客户邀约见面，见面三分情，同时面对面的交流和感受是电话销售难以达到的。

第六章
循循善诱

在高东红毫无保留的电话销售培训后,杨五力对通过电话筛选客户有了初步的认识,同时杨五力按照高东红的建议把每个工作日分为两个半天来安排,一个半天打50通电话筛选出几家意向客户,并做好第二天拜访客户的邀约工作;另一个半天拜访2～3家约好的客户,顺便再陌拜5～8家客户,这样下来杨五力的潜在合作客户慢慢地积累了起来。另外杨五力在打电话筛选客户和拜访客户的过程中也写了10个不同的电话脚本,且日臻完善。

经过两周的努力,杨五力电话筛选客户和邀约客户的能力有了一定的提升,不过这时已是9月下旬,杨五力还没有签单到账,主管周秀兰有点为他着急。周秀兰很明显地感觉到杨五力谈客户没什么系统性,也就是三板斧,筛选客户、上门拜访、抛促销,对客户的需求挖掘和把握还差的太远。在主管周秀兰的紧急安排下,上海的销售明星单大鹏将花一天的时间为杨五力做关于客户需求挖掘的培训。

单大鹏,上海人,比杨五力早一年半加入阿里巴巴。单大鹏以挖掘客户需求见长，客户谈判非常有思路和逻辑，单大鹏在加入阿里巴巴半年后便崭露头角，业绩排名频频出现在前列。这一天早上9点杨五力准时出现在小会议室与单大鹏见面。

"早上好，单老师。"杨五力激情澎湃地打了个招呼。

"请不要叫我单老师好吧，搞得我好有压力啊。"

"单老师，你是实至名归啊，叫你单老师，我心服口服。"

"五力，其实我发现你有个特别明显的优点，而且这个优点咱们团队其他同学都不如你。"

"噢，单老师，你说说看。"

"赞美。"

"赞美？"

"对，赞美。我发现你特别喜欢主动赞美别人，而且很多时候恰到好处，让人也不反感。不像有些人赞美别人的时候让人感到肉麻，鸡皮疙瘩掉一地。"

"谢谢单老师。我是心直口快的人，看到别人的优点我就会直接说出来，你让我放在心里不说我会憋坏的，我就是这样一个人。"

"这在销售行业恰恰是难能可贵的，我相信你未来一定是阿里巴巴的销售明星。"

"我会努力的，单老师，我也相信自己一定可以做到。"

"好的，五力，今天的培训主题是挖掘客户需求，我把整体思路与

你先交流一下。我在挖掘客户需求方面主要采用倒推原则,也就是说客户的痛点和需求有哪些,阿里巴巴的哪些服务和优势能够解决客户的痛点和需求,然后再辅以提问工具就好了。"

"我听得不是很明白,单老师,你能否再解释下?"显然杨五力对单大鹏的思路没有理解。

"简单地说,我不是直接询问客户有什么需求,而是通过一系列的问题巧妙地让客户认识、发现自己的需求,而这些问题和需求恰恰是阿里巴巴的服务可以满足的。我不喜欢在客户面前总是说阿里巴巴这个好,阿里巴巴那个好,搞得像老王卖瓜,自卖自夸,一点儿没层次。"

"你这么说我有点明白了,关键应该在'巧妙'这两个字。也就是说,谈客户要讲究策略和方法,不能赤裸裸地直接问客户要不要买,要客户自己发现自己的潜在需求,我这样理解对吗?单老师。"杨五力非常真诚地看着单大鹏。

"可以这么理解,不过说起来很简单,真正做起来却很不容易,需要长时间地积累和演练。杨五力,我先问你一个问题,你认为什么是需求呢?"

"我认为需求就是客户想买什么东西,这个东西就是客户的需求,是这样吗?"很显然,杨五力对自己的答案拿不准。

"五力,你这样理解需求我个人认为还是比较初级和肤浅的。我个人理解的需求不仅仅局限在什么东西,什么产品,还要包括精神、心理等方面的无形需求。咱们的客户，包括我们自己在物质方面和精神方面都有一个可以描述的现状，但大家各自在物质方面和精神方面都有一个相对清晰的目标，这个目标和现状之间的差距就是需求，我这么解释你明白吗？五力。"

"噢，有点明白。单老师，你能帮忙举几个例子吗？"

"可以的，我给你举几个例子。物质方面，比如我现在有辆桑塔纳轿车，这辆车是我父亲给我的，已经开了5年了，比较旧了，品牌一般，而且是手动挡的，我现在有个目标，就是买一辆自动挡、品牌一流的新轿车，这两者之间的差距目前就是我的物质需求。另外关于精神需求，比如我现在是销售专员，我希望一年后我能晋升为销售主管，这两者之间的差距目前就是我的精神需求。我这样解释你能明白了吧？"

"你这样说我就明白了，这里面我听到了两个关键词，一是目标，二是现状，目标与现状之间的差距就是需求，对吧？"

"是的。不过，需求也是要分层次的，你可以把需求理解为四个层次，第一是不满，第二是痛苦，第三是想要，第四是需要，你可以把这四个层次理解为挖掘需求四步法。"

"单老师，这个我有点糊涂，你是否也能举个例子呢？"

"好的，比如有位老大爷，家里有台冰箱，已经用了六七年了，制冷效果很不错，造型也特别漂亮，只是空间有点小了。可以说这位老大爷是非常喜欢这台冰箱的，认为这台冰箱是比较完美的，只是这台

冰箱每天耗电2度，现在很多节能冰箱每天耗电1度左右。另外这台冰箱空间有点小，菜买多的时候就放不下了，在这位老大爷看来，如果不计较电费和空间较小，这台冰箱是没有任何问题的，也就是说老大爷对购买新冰箱是没有需求的，五力，这个你明白吧。"

"明白的，单老师，您继续说。"杨五力听得津津有味。

"好的，咱们假设有这样的一个场景，这位老大爷正好在某知名电器家电中心遛弯儿，这时一位某品牌冰箱营业员小姐满脸堆笑向这位老大爷热情地打了个招呼。

营业员：大爷，您好，逛累了吧，到咱们这边歇个脚，喝杯水吧。

说完，营业员右手指向饮水机旁边的椅子。

老大爷：哎呦，这么客气呀，谢谢你。

营业员给老大爷倒了杯水，与老大爷攀谈起来。

营业员：大爷，您今年得有60岁了吧。

老大爷：我今年快70了，整整69。

营业员：那您看不出来有这么大啊，您保养得真好。

老大爷：我哪里有什么保养啊，就是心态好罢了。

营业员：心态最重要了，大爷，有了好心态，身体就一定棒，就像您，大爷。

老大爷：是的，是的，谢谢你。

营业员：大爷，您今天来这里是想买家用电器呢还是随便看看呀？

老大爷：哦，我只是想随便看看，遛遛弯。

营业员：大爷，咱们家里用的冰箱是个大牌子吧。

老大爷：嗯，你说对了，是个特别有名的牌子。

营业员：那咱们家的冰箱用了也该有好几年了吧。

老大爷：确实有一些年头了，有7年左右了。

营业员：看得出，这台冰箱咱们家用得蛮好的，是吧，大爷？

老大爷：这几年用得还好，制冷效果我很满意的。

营业员：这台冰箱当时是您决定买的吧，大爷，您的眼光不错哟。

老大爷：还是人家质量关把得好，我是很认牌子的。

营业员：大爷，您的品牌意识很强啊，您一定是一位很有品位的人。

老大爷：周围还真有不少人这么说我，我们家用的、吃的都是很讲品牌的。

营业员：大爷，您真不简单啊。

老大爷：过奖了，过奖了。

营业员：大爷，咱们家现在用的冰箱有哪些功能或设计能够改善下会更好呢？

老大爷：我就有两点不满意，其他都还好。

营业员：大爷，您可以说说看吗？

老大爷：可以啊，一是这台冰箱耗电高了些，说明书上写的是每天耗电2度左右；另外这台冰箱空间小了些，可能是买得比较早的缘

故吧。

营业员：大爷，您刚才提到了两个问题，一是耗电量的问题，二是冰箱空间的问题，您觉得还有需要改善的吗？

老大爷：其他的都还好，比较满意，没有了。

营业员：好的，大爷，关于这两个问题我个人是这样的感受：首先关于耗电量，现在一度电3毛左右，一两天无所谓，那只是几毛钱的问题，不过，大爷，我帮您算一下，按目前的电价你一年要多支出110元，10年就是1100元，以后电价每年都要涨的呀，如果以后电价涨到一度电1元钱，那您一年就要多支出365元，10年那就是3650元哪，这可不是小数目啊，大爷。

老大爷：哎呀，你不帮我算，我还真没感觉到，会多支出这么多钱啊。

营业员：是的呀，大爷，另外咱们家现在的冰箱是双开门的吧？

老大爷：是的，你说的对。

营业员：大爷，7年前双开门的冰箱容量也就是150升左右，里面的冷冻和冷藏容积都是有限的。大爷，看您满身的福气，子女和亲戚朋友肯定不少往家里跑，您说十几个菜二十几个菜吃不完咱也不能就扔了是不是？如果冰箱太小是不是就浪费了啊，平均一天浪费10块钱，那一年又是好几千啊。

老大爷：对，对，你说的确实太对了。

营业员：大爷，如果我们有一款一天只耗一度电，而且有220升的超大空间三开门高性能高性价比的绿色环保节能冰箱，我想您会考虑一下吧。

老大爷：那当然了，你给我详细介绍一下吧。

在这位营业员热情、专业、主动的介绍下，这位大爷最后花了2799元买了一台原价3599元的220升的超大空间三开门高性能高性价比的绿色环保节能冰箱。"

"哇，单老师，这个案例确实太精彩了，这个营业员让一个毫无需求的老大爷最后买了一台冰箱，这真的值得我好好品味、学习。"杨五力被这个销售案例所感染而发出感慨。

"我期望你能够通过这个销售案例去感受客户的需求从不满到痛苦再到想要最后是需要的四个层次。"单大鹏再次强调了客户需求的四个层次。

"好的，单老师，我现在感觉到客户就是真的没有需求，我们通过良好的沟通，深层次的挖掘，也是有成交机会的，是吧？"

"你说得对，这里关键是先要让客户接受你，愿意与你聊，你才有机会，然后通过一定的沟通技巧和策略，这样机会就会倍增。"

杨五力连连点头，深表认同。这时杨五力又想到一个问题，问道："单老师，有时候我也遇到这样的客户，他会直接告诉我，他想做个阿里巴巴中国供应商，是否有相关的关键词搜索排名购买，类似这样的

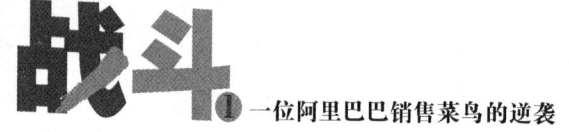

客户很少,这又是为什么呢?"

"五力,你刚才提到的问题属于客户需求分类的问题,客户的需求主要分为明确需求和隐含需求两大类,很明显,你刚才提到的客户属于明确需求,他会直接把自己的想法,把自己的需求告诉你,但这些客户占比很小,我个人的感受是明确需求的客户占比不会超过5%,也就是说,绝大部分客户的需求是需要挖掘的,就像买冰箱的老大爷,他的需求就是隐含需求,可能连老大爷自己都没有认识到自己有这样的需求,这就需要通过沟通逐步深入,循循善诱。"

"单老师,说实话,我对挖掘需求还是有些懵懵懂懂的,甚至有点小恐惧,感觉有时候无从下手,不知从哪一点开始入手比较好,又怎样与客户沟通,您是否有相关的方法呢?"杨五力微皱眉头,用颇为困惑的眼神问道。

单大鹏喝了口水,抿了抿嘴巴,说道:"这个问题我个人的建议是这样的,首先你要明确一点,没有十全十美的产品,任何产品都有某一点或某几点客户觉得可以提升、改善或优化的地方,所以,千万不要指望客户对某个产品表达很不满意的情形,因为这样的情形是少之又少的,你反而要赞美他当时选择这个产品是很明智的,是很有眼光的,这样客户就会觉得得到了尊重和认可,甚至会主动敞开心扉与你交流一下自己认为不太满意的地方,所以我们要从产品很小的缺点开始,自然而然地,逐渐地转变为很清晰的不满,然后想方设法把客户的不满放大，让客户觉得比较痛苦，接下来让这种痛苦逐渐转变为想要，最后通过自己产品的优势和特点把这种想要锁定为需要，让客户掏钱买单，你再回味下老大爷买冰箱的过程，是否有同感呢？"

"是的，您刚才讲的大爷买冰箱的案例我是特别有感触的，换了我，肯定是做不到的。另外，我觉得那位营业员提问题的功力是很厉害的，单老师，您在与客户交流和提问题方面是否有一套方法呢？"

"我自己有个九星提问模型可以与你分享一下，试想一下，现在有个九角星，每一个角上面都有一个提问关键词，分别是：Who、What、Why、When、Where、Which、How much、How to 和 How long，这九个关键词分别是九个提问点，客户回答的内容有利于进一步挖掘客户的需求。"

"单老师，您是否可以分别针对这九个提问关键词举几个您经常用到的例子呢？"

"好的，都是咱们东方明珠团队自己的人，今天我就不保留了，哈哈。"说完，单大鹏和杨五力都一起哈哈大笑起来。

单大鹏进一步解释道："Who 主要与人有关，我经常用到的提问句型：咱们公司的总经理是谁呢？咱们公司关于外贸推广的费用主要是谁决策呢？除了咱们公司老板，谁还能影响到外贸推广费用的决策和支付呢？

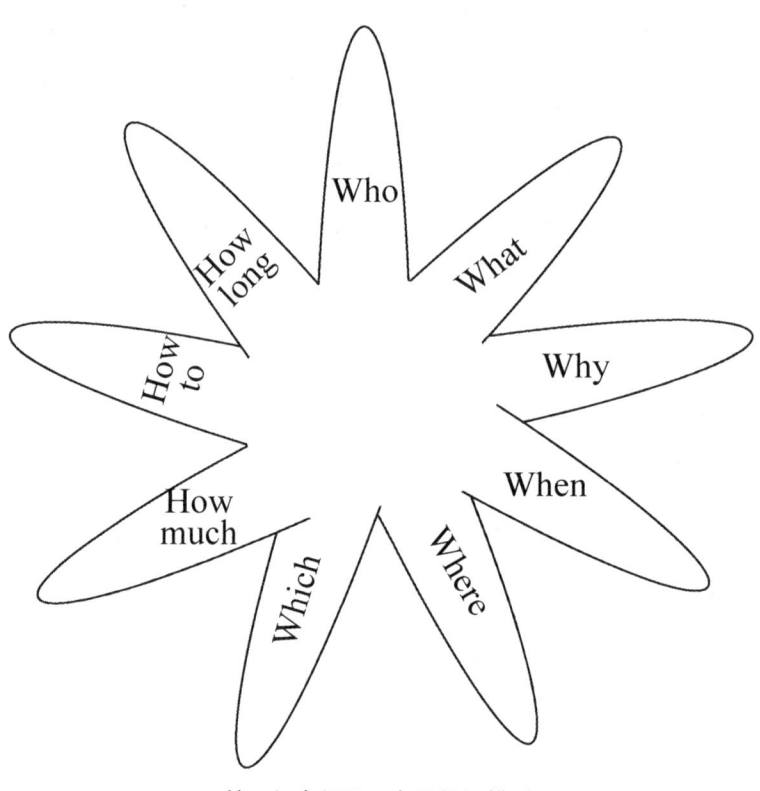

第一把金钥匙：九星提问模型

"**What** 主要与产品有关，我经常用到的提问句型：咱们公司目前主要生产什么产品呢？咱们公司目前主要出口什么产品为主呢？咱们公司接下来是想以什么产品为外贸主打产品呢？

"**Why** 主要与疑难问题有关，我经常用到的提问句型：为什么咱们公司之前没能与阿里巴巴合作成功呢？为什么咱们公司此次有投资阿里巴巴的想法呢？为什么咱们公司要降低出国参展的频率和预算呢？

"**When** 主要与时间有关，我经常用到的提问句型：咱们这边最快什么时候可以做出方案的选择呢？那您觉得什么时候投资阿里巴巴会比较成熟呢？咱们公司最快什么时候可以支付合同款项呢？

"**Where** 主要与地点有关，我经常用到的提问句型：咱们公司的产品主要出口哪些国家呢？哪些市场是咱们公司出口的重点呢？咱们公司主要参加哪里的国际展会呢？

"**Which** 主要与选择有关，我经常用到的提问句型：这三个投资方案，您认为哪一个最适合咱们公司呢？哪一个关键词搜索排名是您最关注以及最想购买的呢？哪一款产品咱们公司希望能够把它打造成爆款呢？

"**How much** 主要与投资预算和数量有关，我经常用到的提问句型：咱们公司每年用于外贸推广的预算有多少呢？咱们公司每年参加国际展会的费用有多少呢？咱们公司每年的营业额有多少呢？

"**How much** 里面还包含一个 **How many**，比如咱们公司有多少位员工呢？咱们公司外贸部有几位员工呢？咱们公司目前经营多少种产品呢？

"**How to** 主要与方法有关，我经常用到的提问句型：我怎样做您才会决定投资阿里巴巴呢？您是如何将公司经营得如此出色，在管理方面又是如何这样成功的呢？您是如何与竞争对手竞争的呢？又怎样做能够保持竞争的优势呢？

"**How long** 也主要与时间有关，我经常用到的提问句型：咱们公司

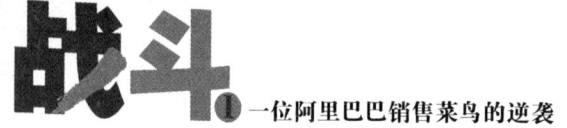

成立多久了呢？您进入这个行业多长时间了呢？咱们公司从事出口业务有多少年了？五力，这些就是我常用的提问句型。"单大鹏一鼓作气把九星提问模型的关键点和提问句型说了一遍。

杨五力听得聚精会神，意犹未尽："单老师，我真没想到提问还有这么多讲究，还有这么多的方法和套路，我太佩服您了。"

"五力，还是那句话，要活学活用，万万不可照本宣科，而且与客户交流的时候千万不要像审讯犯人似的，一个问题一个问题死板地去问，一定要面带微笑，轻松惬意地与客户沟通，我说两句话，你看哪句话舒服些，第一句：王总，你们公司一年的营业额有多少？第二句：王总，以咱们公司的实力和规模，年营业额至少得有两个多亿吧。五力，你说哪句话好些？"

"肯定是后面那句舒服些，前面的显得死板，太严肃。"

"对的，所以说，与客户交流提问题的时候尽量巧妙些，你既得到了答案，对方也很舒服，一箭双雕，踏雪无痕。"单大鹏两个手掌垂直上下切了两下，目光犀利深邃地看着杨五力。

"五力，在传统工业产品行业里有个非常有名的SPIN提问模型，不知你是否知道？"

"这个我不知道的。"杨五力不好意思地摇了摇头。

"因为传统工业产品比较复杂，谈判周期长，涉及的部门也多，对销售人员挖掘需求的能力要求就很高，SPIN提问模型就能够很好地协助销售人员进行需求的挖掘。"

"单老师，SPIN 分别代表什么意思呢？"

"S 的意思是 Situation Question，是关于企业的背景问题，比如成立时间、主营业务和产品、年销售额等；P 的意思是 Problem Question，是关于企业目前存在的困难等难点问题；I 的意思是 Implication Question，是与暗示性问题有关，比如巧妙地暗示怎么做会增加成本，或什么事会导致客户流失等；N 的意思是 Need-Payoff Question，是关于需求回报性的问题，是客户对于投资或购买某个产品、服务得到的好处达成的认识问题。五力，我这样讲你可能比较糊涂，我之前参加过一场关于工业产品的培训，我这里有个案例，你看下。"说完，单大鹏从抽屉里找出一张培训案例递给了杨五力。

杨五力拿过案例仔细阅读：

SPIN 整体案例（扭力扳手）

问题	销售顾问	客户
S	您好，高总，我是万塔公司的小王，这是我的名片。	噢，你好，小王，请坐。
	谢谢高总。高总，我听业内人士说您是台湾人是吧？	哦，是的，我是台湾人。
	说真的，我最佩服台湾人了，台湾人给我的感觉一直是特别有商业头脑，而且特别敬业和投入，还有幽默感。	哈哈，小王，你太客气了，谢谢啊。
	高总，确实是这样的。	好的，小王，电话里说你们是一家意大利的公司是吧。

一位阿里巴巴销售菜鸟的逆袭

（续表）

问题	销售顾问	客户
S	是的，高总，我们公司总部在意大利，上海是分公司，2001年成立的。	那来中国的时间也不长，三年左右。
	是的，三年多。	那你这次来主要想推荐一些什么产品呢？
	高总，是这样的，我也是通过朋友了解到咱们这边的工厂近几个月要开工，今天来呢主要想了解一些情况。我想请教一下咱们工厂规模大概有多大呢？占地应该有60亩左右吧？	不止，不止，我们占地超过100亩。
	超过100亩！哎呀，这样的规模在这里那绝对是没几家啊！	是的，我们的规模还是比较大的。
	高总，那咱们的工厂主要做机械设备呢，还是做其他的产品啊？	你说对了，还是小王你厉害，我们是生产包装机械、灌装设备，还有印刷机械、工程机械等产品。
	高总，机械设备这个行业要求的起点还是很高的，而且咱们的产品覆盖面又这么广，咱绝对是一家有实力的企业呀！	你太过奖了，小王。
	按照这样的规模和产品布局，咱们的工厂以后起码也得有三百多位员工吧？	我们开工初期会招聘两百位员工，等所有的生产线都上齐了，员工数会在五百人左右。
	五百名员工，在这个开发区至少可以进入前10名了。	嗯，差不多。
	高总，那咱们工厂正式开工建设估计就在这两个月还是在今年年底呢？	噢，这样的，没有特殊情况的话，我们就今年国庆节后正式开工。
	这样啊，那开工的时间也很快了。	是的。
	高总，我冒昧地问一下，关于工具这一块是否是已经有一些厂家过来与您洽谈过了啊！	是的，已经有几家了。

(续表)

问题	销售顾问	客户
S	不知高总是否方便透露一下已经有哪几家过来洽谈了啊？	那没事，有家叫什么尔特来着，噢，对了，叫玖尔特，来谈过了，还有什么世博达、丹世利、易得力、科捷得都来过了。
S	那高总现在是否已经决定购买哪个品牌了呢？	那还没有，就这几天会决定的。
S	高总，我再冒昧地问一下，像采购工具这样的项目到您这儿就终审了，还是要写份报告找上面批呢？	采购工具我自己就可以做主的。
S	好的。像您刚才提到的几家公司的产品高总您以前都采购过吗？	我在以前单位的时候都采购过，玖尔特价格最高，其次是世博达和丹世利，易得力和科捷得是国内品牌，我们买的很少。
S	那也就是说咱公司主要采购进口品牌的工具了。	是的。
P	高总，据您的了解，您对这几个品牌的产品感觉如何呢？	质量都大同小异了，玖尔特因为价格特高，所以质量过硬些吧。
P	玖尔特在工具领域确实是一个非常不错的品牌，您认为它在哪些方面还可以改进或提升呢？	这个我可不好说，如果一定要说的话，我觉得在价格和产品配套方面可以改进些。
P	您的意思是说它的价格偏高和产品不够齐全是吗？	是的。
P	那除了这两个方面，还有哪些因素是您看重的呢？	嗯，那就是安全问题。
P	您是指防止漏电问题？	是的。
I	是啊，价格问题永远是最值得考虑的一个问题。如果平均一件产品便宜100元，按照咱们工厂的规模每年至少1000件工具的话那就是10万元啊，那可是好几个工人一年的工资啊！	唉，是啊。
I	那，高总，如果产品配套做得不好的话，会对您有什么影响呢？	我们特别看重产品配套问题，因为我们覆盖的产品还是很广的，所需要的工具种类多、质量高，如果配套不全的话，会影响生产进程。

(续表)

问题	销售顾问	客户
I	影响生产进程就会降低生产效率,增加单位成本,如果导致延迟交货的话,甚至还会遭到客户的投诉或索赔,影响公司的品牌形象,这损失就大了。	是的,你说的太对了。
I	关于安全问题,我们两个真是英雄所见略同啊!安全问题,千万不能忽视。前年我在奉贤有个客户,生产发电机的,觉得我们产品价格偏高,结果贪图小便宜买了国内不知名品牌的工具,后来有位工人作业的时候不小心触电了,成了植物人,家里人天天来闹啊,工厂根本就没法生产,最后相关部门查出原来是他用的工具不合格,漏电,工厂最后赔了60万元了事,您看,何苦呢,唉。	唉,是啊,贪图小便宜,结果捅了大娄子。所以说,我们只买进口工具,尤其是德国和意大利的,多花点钱没事,买的放心啊。
N	高总,您说的太对了。我们公司恰好有款扭力扳手,可以解决这几个问题,我想您一定有兴趣了解一下吧?	那当然了,来,我先帮您泡杯茶……

杨五力看完案例,嘴巴"啧啧"了两下。"单老师,看完这个案例我知道SPIN大概是怎么回事了,确实大受启发。"

"五力,我给你讲SPIN,并不是要让你去生搬硬套,而是希望你能够理解它的思路,然后灵活运用到销售咱们电子商务的产品中去。你就把我给你讲的九星提问模型和SPIN需求挖掘工具作为两大武器,前者是告诉你怎么提问,后者是解决提问什么,两者巧妙组合,事半功倍。"

"太好了,单老师,经过你这一开导,我顿时想去见客户了,我以后在客户面前也不怕了,我知道与他们怎么交流了,太感谢了。"

"这个不用客气的,咱们都是一个团队的。最后,五力,你要整理出大部分客户的主要需求,这个问题我可以与你分享下,我平常积累和汇总了一些客户的需求,我想应该也是大部分客户的需求:一、毫无疑问是开发新客户,增加利润增长点;二、优化客户结构,避免生意过于集中,降低风险;三、高技术产品快速推广,延长产品生命周期;四、淡旺季产品调整,降低运营成本;五、清理库存,优化现金流;六、公司品牌全球推广;七、锻炼和培养电商团队,应对竞争等。当然还有一些其他需求,我今天就不一一与你交流了,你也可以在以后的工作中自己慢慢积累和汇总。"

"那清楚了大部分客户的需求,与刚才讲的九星提问模型和SPIN之间有什么关系呢?"杨五力继续问道。

"五力,你可以理解为我给了你两套拳法,一是通过九星提问模型和SPIN的巧妙组合让客户自己发现和表达出隐含和明确需求;二是通过倒推法则,就像我们在寺庙里用硬币去砸金钟一样,砸中了,金钟就响了;没砸中,再试下一个。"

"单老师,关于倒推法则,我还不是很明白。"

"其实也没那么复杂,虽然我们知道了大部分客户的需求,但针对单个客户谈判的时候,我们还不知道具体的答案,那就可以试试倒推法则,就用硬币去砸。就是在与客户沟通的时候巧妙地去砸硬币,比如:

'杨总,咱们今年是有通过电子商务推广增加一些新客户的计划

是吧？'

'杨总，据我了解咱们的生意目前是集中在几个大客户身上的，今年是想优化一下客户结构是吧？'

'杨总，据我了解咱们公司的高新技术产品更新换代是很快的，今年也想通过电子商务快速推广以延长咱们产品的生命周期是吧？'五力，我说到这儿你明白了吗？"

"单老师，你举了这几个例子我就明白怎么回事了，也就是把客户的不同需求巧妙地设计成问题在与客户的交流中适当地穿插，就像你说的那样，一个一个去砸硬币，看能否砸到金钟，若砸到了，金钟就响了，是吧？单老师。"

"非常好，五力，你是很有悟性的，不过这个需要逐步积累，关键是要做到巧妙、自然。"

"我现在还拿不稳的是，九星提问模型和SPIN的组合与倒推法则如何选择和取舍呢？"

"这个就因人而异了，关键看个人的谈判风格，九星提问模型和SPIN的组合是从前往后推，而倒推法则是从后往前推，这就要灵活机动，随机应变，活学活用了。"

"好的，单老师，我明白了，我会慢慢琢磨的，争取早日熟练掌握。"

"没问题，这个月时间不多了，你要加油喽。"

"会的，我一定会全力以赴的。"

关键词：需求

普通的销售总是从自己的想法和需求出发，甚至为了达到销售目的不择手段，但是顶级销售高手一定是时刻把客户的想法和需求放在首位，去了解客户的困难，去挖掘客户内心的想法，真心实意地在帮到客户的同时也完成了自己的销售。

关键词：模型

九星提问模型的确是一个非常好用的提问工具，在我个人的销售生涯中是受益匪浅，它与 SPIN 巧妙组合可以很好地完成对客户需求的挖掘。SPIN 解决的是提问什么，九星提问模型解决的是怎么提问，两者巧妙组合，相得益彰，这也是我力推的第一把金钥匙。

关键词：分步

直接挖到客户的需求相对来说是比较困难的，倒推法则的使用对销售的功力有着很高的要求。挖掘客户的需求可以先从客户不是很在意的，甚至不是特别重视的细微的地方入手，这个地方就是客户略为不满的关键点。接下来看这个不满能否放大；如果不满能够放大，客户会感觉到一定的痛苦，再辅以巧妙的暗示，客户随即会产生想要的冲动，如果销售人员对产品的介绍和包装比较到

位的话，那么客户的需要就到位了。挖掘需求四步法是我力推的第二把金钥匙。

```
                        需要
                  想要
            痛苦
      不满
```

第二把金钥匙：挖掘需求四步法

第七章
眉飞色舞

杨五力在经过高东红和单大鹏两位TOP销售的细心指导后，谈客户的思路和功力的确有大幅长进。这一天上午，杨五力在漕宝路附近的一间写字楼里陌生拜访了30多家客户后，顺道发现光大会展中心正好有一场与办公用品相关的展览会，参展的企业还真不少，里面人头攒动，估计得有好几百家企业。杨五力仔细回想了一下，阿里巴巴上海分公司到目前为止好像还没有办公用品行业的公司加入中国供应商，办公用品属于轻工业产品，中国的价格和质量毫无疑问具有竞争力，这对自己来说也许是一个开发行业的好机会啊。杨五力想到这里，便快速到展会前台办理了参展登记并小步跑进展会现场。杨五力用了一个下午的时间，几乎把所有的展台都走了一遍，有名片的展台直接拿，没有名片的展台寒暄一下也能拿到，最后数了一下足足有205张。杨五力深知这205张名片里面一定有高质量的客户，接下来必须做两件事，即把自己的客户管理系统再快速过一遍，腾出几十个空间准备迎接新的主人入住，另外把拿到的名片也迅速电话过一遍，没有任何想法的客户立马放弃，将

第七章 眉飞色舞

有计划或者有想法考虑进行外贸推广的客户马上录入客户管理系统。

在筛选客户的过程中,杨五力了解到,目前全国最大的几家做办公用品的企业是上海中韩晨星文具有限公司、深圳金色万年文具有限公司、上海乐得美文具有限公司,幸运的是这几家公司杨五力都拿到了名片,只不过这些联系人都是负责销售和招商的,没有一家是老板的名片。针对这个问题,杨五力仔细考虑了一下,如果先从这些基层人员开始沟通,然后再层层上报,有的压根就不报或者瞒报、漏报,这些大企业与阿里巴巴真正达成合作那得猴年马月啊。基于这样的考虑,杨五力下定决心一定要直接与能够做决策的关键人见面,快速推进业务的进展。在有了这样的考虑后,摆在杨五力面前的有三个问题,**第一是先谈哪家企业最合适;第二是如何找到关键人的联系方式;第三是如何能够见到关键人**。杨五力在通过对企业规模、品牌影响力、市场占有率等几个不同维度的综合考量后决定把目标先锁定为上海中韩晨星文具有限公司。杨五力认为,如果能够把行业内最具影响力的企业说服做阿里巴巴,那么基于从众心理和竞争压力,其他企业也会迎难而上、不甘落后。

杨五力手里只有中韩晨星文具公司基层销售人员的联系方式,他知道这毫无用处,那如何知道这家公司的关键人是谁,又如何能够见到关键人呢?杨五力一筹莫展。正当束手无策的时候,杨五力想起高东红的培训提到可以通过百度搜索尝试获得企业关键人的姓名,杨五力一想,这很有道理呀,中韩晨星文具公司是全国文具行业的龙头企业,该公司的董事长或

者总经理一定经常见诸报端，何不直接搜索一下上海中韩晨星文具有限公司的董事长呢，想到这儿，杨五力以迅雷不及掩耳之势在百度搜索框里输入了上海中韩晨星文具有限公司董事长，结果让杨五力喜出望外，里面有很多关于中韩晨星文具公司董事长陈升久的报道，第一个答案终于有了，杨五力感觉往前迈了一步，那如何能够与陈董事长通话并让他同意见面呢，杨五力心里一直发憷。杨五力硬着头皮打了几次公司总机请对方帮忙转陈总，但是每次对方前台都要问清楚是什么事，杨五力一说是关于出口推广方面的事情，对方马上提出先发封邮件吧，然后挂断电话，杨五力无能为力，哑口无言。迫于无奈，杨五力只好向自己的主管周秀兰请教。

"老大，上海中韩晨星文具有限公司董事长陈升久的联系方式我实在拿不到，你能给我些建议吗？"

"五力，大公司关键人的联系方式确实难要，也确实需要一些技巧，甚至是善意的谎言。我之前一般通过行业协会负责人拿到相关的联系人方式，有时候也以各种会议的抬头巧妙地获得关键人的联系方式。"

"那这家公司你觉得我该怎么办呢？"

"我来帮你打一个，你看看。"

周秀兰非常淡定从容地拨通了上海中韩晨星文具有限公司的前台电话。

"您好，这里是上海中韩晨星文具有限公司。"

"你好，小妹，我是咱们董事长陈升久的朋友，近几年我一直在国外，现在刚回国做生意，之前不小心把手机弄丢了，我现有一笔大生意找升久谈，我只记得他的号码是 139 的，还是 138 的来着，你赶快帮我看一下，我确实很急的。"

周秀兰的语速很慢，准确地说比较低沉，夹杂着些许海外华侨的音调。

"好的，您别急，我这就帮您看下。"

前台妹打开通讯录，把董事长陈升久的手机号如实地告诉了周秀兰。

"谢谢你，小妹，你真的很棒哟。"

"您过奖了，谢谢您。"

挂完电话，周秀兰用超级自信的眼神瞟了杨五力一眼，杨五力则两眼瞪得像灯笼似得不敢相信。

"老大，姜还是老的辣啊，我开了眼了。"

"类似这样的方法需要过心理这道坎，有的人觉得这样的方法不地道，简直就是骗子，但仔细想想，如果客户通过咱们阿里巴巴取得了丰硕的回报，我们再委屈点也无所谓了，就全当是善意的谎言吧。"

"老大，你这么说我明白了，不到万不得已，我们也不会用这样的方法，我相信绝大部分客户通过正常的沟通和渠道都是可以联系到的。"

"是的，五力，随着你功力的提升，一切就变得容易了。另外，五力，陈总的号码给到你，你要好好思考如何能够让陈总愿意见你，这才是接下来的关键所在。"

"好的，老大，我认真思考、准备下，争取让陈总愿意见我。"

在整整一天的时间里,杨五力都在琢磨着、盘算着,通过怎样的开场、怎样的说辞能够让陈总愿意见面。

第二天上午,已在脑海里演练 N 遍的杨五力拨通了陈总的电话。

"你好,哪里?"

"您好,陈总,这里是阿里巴巴国际站打给您的,我是资深顾问杨五力,您现在说话方便吧?"

这句话几乎倾注了杨五力所有的热情,比给他亲娘打电话还要热情三分,让世人无法抗拒。

"什么事?你说吧。"

"陈总,我了解到咱们中韩晨星是全国文具行业的龙头企业,在接下来的电子商务大趋势中,我认为陈总您一定也想让中韩晨星在电子商务领域成为领头羊吧。"

"那当然了。"

"陈总,那阿里巴巴可以帮助您实现啊。"

"那具体要怎么做呢?"

"陈总,正好我明天要到奉贤办点事,就在咱们晨星公司附近,那我们明天上午 10 点见面交流一下,您看可以吧。"

"嗯,那你过来吧。"

"好的,谢谢陈总,明天见。"

杨五力合上电话,大叫一声,握紧拳头,上下挥动三次,连喊三声:

第七章 眉飞色舞

"战斗！战斗！战斗！"公司的人都知道，这已成为了杨五力的招牌动作。

第二天杨五力早早起来，好多天没有用洗面奶了，今天特地多用了一些，草草吃完早餐，对着镜子把头梳得油光发亮，丝丝分明，也没少用啫喱膏，然后便匆匆往奉贤出发。

路上比较顺利，杨五力在车上小憩了一会儿，早上9点50分杨五力到了上海中韩晨星文具有限公司位于奉贤的工厂总部，在陈总秘书的指引下，杨五力敲开了陈升久董事长的办公室大门。

推开门，杨五力看见一位文质彬彬、气质高雅的绅士正坐在茶几旁边品茶，杨五力赶忙打招呼并略带鞠躬："早上好，陈总。"

"你好，是阿里巴巴的吧？"

"是的，陈总，我叫杨五力，昨天与您电话沟通过。"

"好的，我知道，你先坐下吧。"

"谢谢陈总。"

杨五力在陈升久旁边的位置上坐了下来，陈升久顺手倒了一杯茶给到杨五力，杨五力赶忙道谢。

"小杨，你们阿里巴巴真的有用吗？"

"陈总，咱们阿里巴巴与不少客户都合作三四年了，这些客户少则投资6万元8万元，多则15万元20万元，如果没效果，谁愿意把钱白白往水里扔呢，陈总，您说是吧！"

"话是这么说，不可能每家效果都很好吧。"

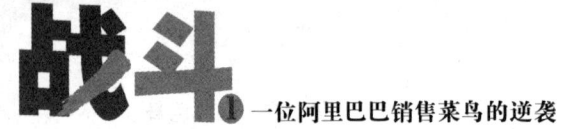

"这个要看团队,也要看产品,如果同样一个行业,也是类似的产品,人家一年成交几百万元几千万元,咱们效果很差,那是不是咱们的产品竞争力不够,或者咱们团队的战斗力不强呢?陈总,您是对咱们晨星文具的产品和团队没有信心吗?"

"那怎么可能,我们是全国制笔行业的龙头,你说我有没有信心呢?"

"那就是了,陈总,您一定会成功的。"

陈升久嘴角微微翘起,面带悦色。

"小杨,你能否把阿里巴巴的情况简单介绍一下呢?"

"好的,没问题,陈总。阿里巴巴成立于1999年,是创始人马云和他的18位合伙人一起创办的,现在已是全球最大的电子商务公司了。"

"马云,是不是像外星人的那个,经常在电视上看到的,感觉特别能忽悠人。"

"咱们马总的形象确实比较有特色,不过常言说人的形象与智慧是成反比的。"

"哈哈,这话有意思,是马云自己说的吧。"

"这个,据听说是这样的,嘿嘿。"

"那阿里巴巴到底有什么优势呢?"

"我个人认为阿里巴巴有以下几点优势:一是品牌知名度和影响力,阿里巴巴近几年被国外 N 家媒体报道过,咱们马总还荣登过福布斯杂志的封面呢!二是买家规模,阿里巴巴在全球已经具有了数千万的活跃买家,据全球权威的网站数据分析平台Alexa.com显示,阿里巴巴在全球网站排名45名左右、在国际贸易和电子商务类网站排名是全球第一。"

"你们阿里巴巴的国外买家主要分布在哪里呢?"

"主要分布在欧美国家。"

"还有其他什么优势吗?"

"第三点优势我觉得就是服务方面的优势,如果咱们晨星公司与阿里巴巴合作以后,我们会安排一位专门的客服进行一对一的服务,我这边也会全程跟踪的。"

"嗯,好的。你们最低收费是多少?"

"陈总,像咱们这么有实力的企业我们的收费起步是6万元,并提供24个核心产品的推广机会,当然,如果咱们需要推广更多的产品,也可以追加投资购买更多的产品推广机会。"

"先试试基础的吧,谁知道会不会像你说的那么好呢?"

"好的,陈总,这样是可以的,如果效果超出期望我相信您一定会追加投资的,是吧,陈总?"

"那是当然了,如果赚到钱了,我肯定会追加投资的。"

"太好了,陈总,另外我想请教您一个问题,如果您要参加一个大型的展览会,您认为哪个位置效果最好呢?"

"这个还用问吗,一定是紧挨着主大门的位置效果最好了。"

"太棒了,陈总,我们俩的观点一致啊。告诉您一个好消息,我来

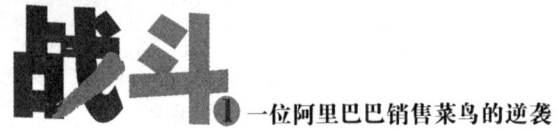

之前刚确认了,阿里巴巴国际站的 pen 搜索第一名正好还在,这就是那个紧挨着主大门的位置啊,宁波有家做文具的企业也想要这个位置,今天被我果断地争抢过来了,这可是个大好的机会啊。"

"这个确实很重要,这个多少钱?"

"pen 搜索第一名的价格是 7.2 万元人民币。"

"这个是一年的费用还是多久的费用?"

"这个是一年的费用。"

"价格能优惠多少?"

"陈总,像这样紧缺的资源不少企业想加钱都买不到呢,请相信我,我的服务一定超出您的期望。"

"嗯,那好吧,这样加起来一共多少?"

陈升久抿了抿嘴巴,有点小失落。

"两项加起来一共是 13.2 万元人民币。"

"行吧,就这么定吧。"

"好的,陈总,您等我下,我这就把投资合同写好。"

杨五力顿时眉飞色舞,喜笑颜开,颤抖着双手勉强地填写完了还很不熟悉的合同书。

"陈总,您方便让财务给我开一张支票吗?"

"今天就要钱吗?"

"是这样的陈总,我回去录合同有支票咱们公司的协调才能帮我录,否则咱们这第一名的资源可保不住了啊！"

"是这样，好的，我让财务开给你吧。"

就这样，杨五力顺利地拿到了盖好章的合同以及13.2万元的支票，走出晨星文具公司大门后，一种莫名的自信油然而生，经过数月的磨炼和感悟，杨五力此刻感到自己已经迈出了坚实的一步，在确认已经离开晨星文具公司很远后，杨五力又一次上演了招牌动作："战斗！战斗！战斗！"

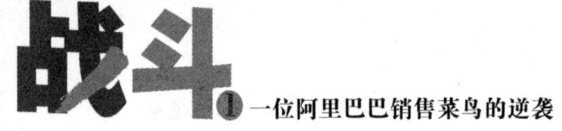

一位阿里巴巴销售菜鸟的逆袭

关键词：展会

　　展会是单位时间内信息量最为集中的形式之一，对于各行各业的销售来说都应给予足够的重视，因为ROI投资回报率会比较高。杨五力在阿里巴巴的销售生涯中，是参加各种展会受益最大的人之一，在一年的时间内其所攻下的数十家客户50%以上都是来自于展会。

关键词：协会

　　对于规模较大的公司，现在通过前台想直接联系到老板确实是一件很不容易的事情。随着移动通信工具的发展，来往和微信改变了人们的沟通方式，各种商会、协会、联盟、俱乐部等组织基本上都有来往和微信的沟通群，只要有机会加入这些组织的来往或微信的沟通群，提升销售业绩的机会便会大幅增加。我个人目前是上海跨境电商协会的会员，当然也同在上海跨境电商协会的微信沟通群里，基于业务上的关系，我想接触的企业50%以上的关键人都在这个微信沟通群里，比如京东、1号店、中粮我买网、大润发飞牛网、母婴之家、西游列国、金蚂蚁等。同在一个协会，同在一个微信群里，无形的信任便已经加分了，成为微信好友，沟通从此畅通无阻。关于查找企业关键人的信息，通过微信号companyinfo朗动企业信用查询已经非常方便了。

关键词：热情

　　杨五力能够成功邀约上海中韩晨星文具有限公司的董事长陈升久先生，除了在说辞和策略上的精心设计，热情也是关键因素之一。想让对方对待自己热情，先给予对方热情；想让对方给己方便，先给予对方方便；想让对方感动，先让自己感动。正所谓己之所欲，先施于人。

第八章
抽丝剥茧

杨五力带着合同和支票飞一般地回到了公司，主管周秀兰听到喜讯给了杨五力一个深深的拥抱，说道："五力，太为你高兴了，我相信这个单子是你的转折点，接下来你一定会厚积薄发的。"

杨五力得到主管的认可和鼓励，自然兴奋和得意，回答道："老大，我不会让你失望的。"

"这个月正好也结束了，下个月初我给你开两天的小灶，我看是时候重新帮你梳理一下业务流程了。"周秀兰拍了两下杨五力的肩膀。

"那太好了，老大，我很期待呀。"

2004年10月过完国庆节的一个周末，周秀兰与杨五力约了两天的单独培训，近期杨五力的表现让主管周秀兰发现他身上具有Top Sales的几个最基本的特质：勤奋、好学、要性、激情等，所以周秀兰期望通过自己用心的培养能够让杨五力再上一层楼，虽然自己团队内的明星销售已经云集。这个时候的东方明珠团队在全国已经是一流的团队，单大鹏、高东红、施真金可以进入上海第一梯队；马正芳、那远志、

第八章 抽丝剥茧

夏灵玉引领上海第二梯队；杨五力、李稳平、韩冬梅、高希希作为新人正处于快速成长中，都有厚积薄发之势。东方明珠团队结构老中青搭配平衡，健康有力，后劲十足。

这个周六上午 10 点，周秀兰与杨五力都准时来到约定好的公司会议室。

"五力，我记得之前在咖啡馆我给你分享了关于销售的流程和关键点，今天我们再次针对销售流程抽丝剥茧，最后做出系统化提升计划。我上次说了，关于对整个销售流程的拆解，除了销售的前期准备阶段，比如找到客户资料、找到关键人、电话筛选和邀约，那与客户见面后重要的一是需求挖掘；二是产品介绍；三是反对意见；四是包装铺垫；五是成交技巧；六是索要承诺；其他还有合同收款和交叉销售等，我相信在高东红和单大鹏的培训和指导下，你在销售的前期阶段已经有实质性的提升了，尤其是在挖掘需求这一块我感觉你确实进步很快，那接下来我期望你能够在其他环节上也大幅度地提升，这样你在上海应该很快就可以进入一流的销售队伍。"周秀兰单刀直入，直接切入培训正题。

"老大，我可是如饥似渴啊，我一定要成为 Top Sales 给你长脸。"

"这点我绝对相信你的，这两天我们要把主要的环节全部过一遍，所以不可能事无巨细，每一个环节我们只探讨最重要的几个关键点，其他的你再慢慢悟，也许你以后有更好的创新方法也可以与团队分享。"

一位阿里巴巴销售菜鸟的逆袭

"好的,老大,今天我们从哪个环节开始?"

"我们从产品介绍开始,关于电话销售和挖掘需求,我知道高东红和单大鹏确实厉害,这两位也毫无保留地给你培训了,所以这两个环节我们不再重复。"

"好的,老大,没问题的。"

"关于介绍产品,其中的关键点是简洁、易懂、价值。简洁的含义是什么呢?那就是语言和措辞简单,干练。我在陪访过程中经常发现有些同学在给客户介绍阿里巴巴的时候,说了十几分钟,最后客户也没有听明白阿里巴巴是什么以及能做什么。"

"那易懂的含义呢?"

"易懂的含义是最好不要用过于专业的词语,比如什么B2B,B2C,因为不是所有的客户都熟悉电子商务,另外可以使用一些比喻,让产品更加形象化,容易理解。"

"老大,你能举个例子吗?"

"可以的,我在广州做业务的时候经常给客户说阿里巴巴是永不落幕的广交会,通过互联网一天24小时、一年365天与全球客户做生意。"

"这个好,确实很形象,我以后也这么介绍,特别容易理解。"

"是这样的,当然还有其他比较形象的描述,比如网上虚拟展示厅、工厂生产直播间等,可以根据客户的情况灵活运用。"

"老大,那价值如何解释呢?"

第八章 抽丝剥茧

"价值就是要将产品的优势和好处说出来,通过对产品优势和好处的表达,让客户强烈地感受到咱们推荐的产品是物有所值的。"

"这一点有比较好的方法吗?"

"有的,销售技能中有一个非常好用的工具叫 FAB,如果能把这个工具弄懂了,吃透了,这一点也就迎刃而解了。"

"FAB 代表什么意思呢?"

"那我就好好给你说说 FAB,FAB 其实是三个英文单词首字母的缩写,**F** 的全称是 **Feature**,字面上的意思是特征、特点,我个人对它的理解是属性,即产品是什么材料做的,或者产品具有怎样的结构,比如我手里的这个保温杯的属性就是不锈钢材料,双层真空设计。**A** 的全称是 **Advantage**,字面上的意思是优势、优点,我个人对它的理解是用处或作用,再拿我这个保温杯来说,它的用处就是可以长时间保持水温。最后一个字母 **B** 的全称是 **Benefit**,字面上的意思是利益,我的理解是好处,也就是咱们的产品能够给客户带来怎样的好处,再回到我的保温杯,我觉得这个产品的好处就是可以带来健康,理由是如果水凉得快,对人的身体健康会产生影响,我这么解释你能听明白吗?五力。"

"我大概明白的,老大。也就是说以后我给客户介绍咱们的产品就按照 FAB 的思路,先说产品的属性,然后再介绍它的用处,最后再说清楚产品的好处,是这样吧?"

"这个也无需生搬硬套,只要活学活用就好。咱俩一起头脑风暴,

把中国供应商产品的 FAB 梳理一下,有信心吗?"

"有的。"杨五力的回答铿锵有力。

"那好,我们先思考 F 属性,你先说吧。"

"毫无疑问,电子商务和互联网是其属性。"

"很棒,赞同。另外我觉得我刚提到的网上虚拟展示厅也应是其属性,你觉得呢?"

"认同。"杨五力边回答边竖起大拇指。

"那我们再分析 A 用处,你继续先说。"

"非常明显的用处就是可以找到新客户,另外区域范围广,在全球很多国家都可以开发新客户。"

"这应该是最重要的用处了,被你说了,哈哈。我知道之前单大鹏与你分享了他积累和汇总的一些客户需求,其实咱们能够满足这些客户需求的关键点都可以说是非常好的用处,比如,一是时效快,如果客户有新产品研发出来,通过电子商务马上推广出去,很快就能见到效益,可以延长产品生命周期。如果不利用电子商务进行推广,非要等到固定时间的展览会去推广,商机就延误了,甚至在此期间如果竞争对手也研发出了类似的产品,那客户就被动了;二是季节互补,有些产品是分淡旺季的,冬天的时候泳衣和太阳镜的销量会比较差,但是如果整合一些羽绒服、暖宝宝等就会增加公司的业绩,反之亦然;三是清理库存,如果工厂有较大量的尾货或库存,通过电子商务开拓新客户去消耗掉也是很不错的方法；四是品牌推广，当然这一点比较适合与有品牌的大工厂去谈，我的说辞是在大马路边做一块广告牌一年要十几万元，甚至是好几十万元，其实这样的广告牌未必能给公司的品牌带来多大的提升，如果将同样多的钱投资到阿里巴巴国际站，那将不仅给公司带来非常可观的实际订单，而且可以获得数以千万计的曝光率，这对公司在全球的品牌推广一定是事半功倍的；五是团队培养，我反复给客户强调，未来的外贸一定是电子商务团队之间的海战，没有一支过硬的电子商务团队在未来的电子商务大趋势中将会非常被动，甚至有被淘汰的危险，所以，投资十几万元，锻炼一支出色的电子商务团队去迎接未来的海战，这性价比还怎么去说呢？"

"哇塞，老大，你太棒了，我要是做外贸的老板，我都被你说动了，看样子业绩的高低与自己功力的深浅很有关系啊。"杨五力被主管周秀兰的一番说辞折服了。

"五力，你过奖了。我要再次强调，活学活用，灵活机动。有人常说，见人说人话，见鬼说鬼话，其实就是让你针对客户的需求对症下药。那些刚做外贸的公司特别缺客户，你就紧紧抓住新市场、新客户、国外买家数。那些产品有季节淡旺季的，就抓住季节互补、增加利润增长点。有明显的研发、设计色彩的，就强调时效性和产品生命周期。有品牌的大工厂就着重全球品牌建设、高曝光率、大额订单转化率。"

一位阿里巴巴销售菜鸟的逆袭

"好的,我慢慢消化,不断演练,日臻完善。"

"关于最后一个B好处,我直接聊一下,我对B好处有以下的认识:一是省钱,比如客户参加广交会,3天花15万元,一天就是5万元,如果客户投资阿里巴巴国际站4万元,一年365天,一天才109元,也就是一包烟钱,每天少抽一包烟就能与全球买家做生意,又环保、又健康,何乐而不为呢!二是赚钱,如果客户平均一天得到两个优质询盘,一年就是至少700个,按照最少2%的成交率也有14个客户成交,如果平均每个客户一年给公司带来10万元的利润,那也有140万元,如果客户投资10万元,这回报也在10倍以上啊。"

"老大,你刚才说的这些数字我感觉说服力更强,也很震撼,比总是说阿里巴巴效果很好,阿里巴巴一定可以帮到你这些空洞无物的话要强多了。"

"是的,数字分析往往更有说服力,也许有些客户会挑战这些数字,但是我们身边很多客户所取得的效益还要远远大于这些数字,我们不保证每个客户都能成功,但是我们可以保证每个客户都有公平的机会。"

"太棒了,老大,我感觉我又前进了一步。"杨五力不无感慨地说道。

"别人说的时候你觉得很自然,很专业,很有说服力,但是到了你自己实战的时候未必有这样的效果,这就需要你熟能生巧,反复琢磨。"

"老大放心,我一定反复演练,一定做到熟能生巧。"

"好的,产品介绍我就点到这儿了,我要求你线下多下些功夫,而且要写脚本，字斟句酌，争取做到精益求精。"

"遵命。"杨五力开玩笑地快速站起敬礼。

"我们休息 10 分钟，等会儿再开始。"周秀兰提议道，然后两人各自去泡咖啡了。

稍微休息后，两人重新回到会议室。

"五力，接下来的环节是关于解决反对意见的问题，公司也多多少少都培训过，但是这个环节是最见功力的，同样一个客户的反对意见换了不同的人去解决，结果却大相径庭，甚至一句话的语音语调不同都会影响到结果，五力，你认为呢？"

"是这样的，老大，刚开始的时候我都怕去见客户，因为客户提出的反对意见我不知道怎么回答，有时候就是勉强回答了，由于说服力不够客户也不买账，所以这个环节我特别想提升下。"

"还是那句话，我只谈关键，我想谈三个问题，第一个问题是我们遇到的最多的三个反对意见分别是什么，第二个问题是解决这几个反对意见的答案是什么，第三个问题是解决反对意见有什么比较好的方法和流程，我们就针对这几个问题进行探讨。"

"好的，我接受这样的做法，其实大部分客户提出的反对意见是高度重叠的，就那几个，如果能够把那几个最常见的反对意见处理得很好，我想这个环节应该是过关了，我的想法对吗？老大。"

"没错，是这样的，五力，那你说说看，我们最常见的三个反对意

见是什么？看我们的观点是否一致。"

"我遇到最多的反对意见是'你们阿里巴巴没效果'，老大，你呢？"

周秀兰会心一笑，略微点头认同。

杨五力继续说道："其次我遇到第二多的反对意见是'你们阿里巴巴太贵了'，第三则是电话里总说'现在太忙，没时间见你'，老大，不知我说的三个反对意见你是否认同？"

"前两个是毫无疑问的，大家一定是有高度共识的，第三个因人而异，那我们今天就探讨这三个反对意见吧。我们先探讨这三个反对意见比较好的答案，结束后再探讨解决反对意见的一些方法和流程。五力，第一个反对意见你现在是怎么解决的呢？"

"这个反对意见我还真没有成熟的解决方法，上次见晨星文具陈总的时候，他也担心过效果的问题，我记得我是这样沟通的'这个要看团队，也要看产品，如果同样一个行业，也是类似的产品，人家一年成交几百万几千万，咱们效果很差，那是不是咱们的产品竞争力不够，或者咱们团队的战斗力不强呢？陈总，您是对咱们晨星文具的产品和团队没有信心吗？'我这么一说，陈总立马表示自己很有信心。"

"你这样沟通也很不错的，如果陈总继续问你，哪家公司成交了几百万，又哪家公司成交了几千万，你怎么回答呢？"

"那我真不知道如何回答了。"杨五力面颊略有泛红。

"这个反对意见我个人的感受是这样：第一，如果客户是王总，我会问他'王总，我想请教一个问题，您说阿里巴巴没有效果，是您亲自操作过，还是听朋友说的呢？'这个时候大部分的答案是听朋友说的，我会继续问道'王总，这位朋友是有投资过阿里巴巴，是吧？或者说他是一位电子商务的资深人士？'对方的回答基本都不是，我会继续说道'王总，我个人有个观点，不知您能否认同，学游泳一定要向游泳教练学，不能问旱鸭子，您说呢？'这个时候对方已经知道大概什么意思了，也就不再说什么了。"

"嘿嘿，有意思，游泳教练和旱鸭子。"杨五力在旁边打趣道。

"第二，我的建议是有理有据，什么意思呢？你的那套说辞我认为也可行，这叫有理，但缺乏有据，所以谈客户的时候最好给全国各地的兄弟姐妹打打电话，把客户行业里已经合作的企业每天大概的询盘情况，成交情况如实地整理出来，可以用表格的形式，不过不能显示行业客户的名字，这是基于对客户商业机密的保护。"

"这一点我真从来没有想到过，在真实的数据面前客户肯定是很信服了。"杨五力有点小兴奋。

"那是一定的，客户有个心理，别人能够做得好，如果自己更加努力的话，相信自己可以做得更好，所以，当客户看到其他人有一定量的询盘，而且有不菲的成交，信心一下子就会起来。第三点，我还有个建议，可以把已经投资阿里巴巴两年以上的客户行业列个名单，投

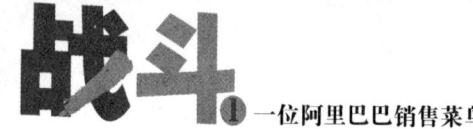

资阿里巴巴一年的列个名单，两年名单的关键词是效果，我们今天就当客户是王总，王总，您看，咱们这个行业有好几十家企业投资阿里巴巴都在两年以上了，试想一下，如果阿里巴巴没有效果，谁愿意把十几万元白白往水里扔呢！您说呢？一年名单的关键词是趋势，王总，您看，咱们这个行业已经有这么多的企业都投资阿里巴巴了，大家的眼睛是雪亮雪亮的呀，咱们现在不做电子商务，未来咱们就无商可务了呀，这是大趋势，说不准咱们现在的客户都成了其他人的电商客户了，您说呢？五力，关于第一个反对意见我就与你交流这三个关键点，不知能否帮到你？"

"老大，帮助非常大呀，受益匪浅，受益匪浅啊。"

"那我们接下来探讨第二个反对意见，你继续说说你的感受和方法。"

"关于价格贵的反对意见，我之前是一点方法都没有，不过你介绍FAB里的方法我觉得挺适用的。"

"好的，关于阿里巴巴太贵这个反对意见，我同样说几个关键点：一是把太贵了转化为性价比的概念，王总，您是说阿里巴巴的性价比不高吗？这样做的原因是避免与客户只谈价格，因为那样确实没有太大意义，另外把这个问题转化为性价比的概念对我们就很有利了，可以把我们的优势针对性地套进去，这样就比较容易说服客户。第二点讲道理，我一般会说：王总，价格贵与便宜要看结果的，如果咱们投资阿里巴巴一年 10 万元，结果赚了 100 万元，您会觉得投资 10 万元很便宜，但是如果咱们投资阿里巴巴一年 10 万元，结果只赚了 10 万元、5 万元您肯定会觉得阿里巴巴贵，因为还有人员工资、办公等运营开销，肯定亏了，您说是否有道理？那第三点就是算账了，就是我在 FAB 里列举的情况，结果就是一天才 109 元，也就是一包烟钱，每天少抽一包烟就能与全球买家做生意，又环保、又健康，何乐而不为呢？五力，第二个反对意见我就说这么多，你觉得怎样？"

"Very very good，老大，姜确实是老的辣啊！"

"又过奖了，那第三个反对意见你怎么解决？"

"这个反对意见我现在真是束手无策啊。"杨五力两手一摊，做出无奈状。

"这个反对意见我也只有几点建议：一是哪天在客户附近拜访顺道直接过去，在客户门口打电话给他，就说顺道过来打个招呼，客户出于礼貌一般会出来打个招呼应付几分钟，你抓住这几分钟快速挖掘客户的需求，然后做出判断是否需要再跟进；二是可以换个跟进的方法，比如改为邮件沟通、短信沟通、QQ 沟通等，与客户主动分享一些行业信息和电商成功故事，这样以退为进，再找切入点；三是公司经常会举办一些线下沙龙和行业论坛，你可以挖掘活动的亮点约他来参加，通过其他的力量来推动客户；四是我曾经这样与客户交流过：王总，如果您给我 5 分钟，我会与您分享一个让贵公司每年新增数百万生意的

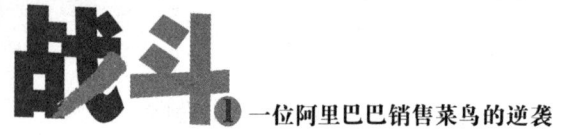

机会,我想您一定会有兴趣吧?后来,这个客户真的见我了,而且真的投资阿里巴巴了,是做LED灯的。"

"老大,你这么一分享,我觉得方法还是蛮多的,我怎么就没想到呢!"杨五力十分感慨地说道。

"功力是靠慢慢积累的,冰冻三尺非一日之寒啊。"

"是的,是的,哪天我若有老大这样的功力我就是全国的Top Sales了。"

"你要把我作为目标那就是目光短浅了,你要把全国前10的Top Sales列为学习对象。"

"好的,我会这样做的,老大,你放心。"

"时间不早了,我快速与你交流一下解决反对意见有什么比较好的方法和流程,我仍然谈几个关键点:第一,千万不要客户说一个反对意见你就解决一个反对意见,那样估计你永远解决不完,一定要客户说完一个反对意见你确认下,然后看是否还有其他的反对意见,比如客户说你们阿里巴巴的价格太贵了,我会说:王总,您的意思是说阿里巴巴的性价比不高,是吧?对方一般是肯定的回答,我会继续说,那你除了认为阿里巴巴的性价比不高,还有什么其他不满意的地方吗?对方回答有或无,假如对方说的是担心阿里巴巴效果不好,我会说:王总,您刚才说的是担心阿里巴巴效果不好,是这样的吗?同样对方一般是肯定回答,同样我会继续说,那你除了担心阿里巴巴效果不好,还有什么其他不满意的地方吗?我的经验客户一般就是1~3个反对意见，所以最后我会说，王总，您刚才的意思我再确认下，您是觉得阿里巴巴性价比不高，同时担心阿里巴巴的效果不好，是这样的吧？对方肯定回答后，我追问，那如果我能很好地帮您解决这两个问题你会考虑投资阿里巴巴的，我说的没错吧？这样的话对方基本是 Say Yes 的。"

"我说呢，这下我知道怎么回事了，之前我有个客户，他说个反对意见我就解释一下，然后他又提个反对意见我继续解释，最后我们俩杠上了，结果不欢而散，之后这个客户再也不接我电话了。"

"所以说，解决反对意见是最见功力的环节，一定要注意方法。第二个关键我自己有个解决反对意见五步法，与你分享下，看是否能帮到你。第一步，当客户提出反对意见后，你要感谢和尊重客户的反对意见，参考说辞：王总，首先要谢谢您的意见，这证明您一直在关注咱们阿里巴巴。第二步，你要确认反对意见和背后的原因，参考说辞：王总，您刚才说的是担心阿里巴巴效果不好，是这样的吗？那王总您是否方便说下你有这个担心是基于什么样的原因呢？这是第二步的关键。第三步，你要认同反对意见，参考说辞：王总，其实您说的是很有道理的，刚加入公司的时候我也是这么认为的，而且周围不少客户都是这样的感受。第四步，解决反对意见，我们之前探讨的解决反对意见的方法在这个点上就能派上用场了。第五步，确认客户是否接受，参考说辞：王总，经过我刚才的解释和分析，不知是否已经解决了您的问题呢？

五力,我刚才说的两个关键点是不冲突的,关键要灵活运用。"

"我也是这么想的,你刚才说的解决反对意见五步法应该是可以灵活运用的,我自己要慢慢琢磨。"

"嗯,好的,那还有一个关键,就是反对意见是可以预处理的,在我谈客户非常熟练后,我就主动把经常出现的反对意见先抛出来,清洗干净,后期签单收款就容易多了,我常常是这样说的:王总,有不少客户刚开始的时候觉得咱们阿里巴巴性价比不高,结果我是这么给他们分析的,您看……"

"哎呀,这个我觉得更好,当然功力不够的人不敢这么做,怕出丑,我以后一定要这么做。"杨五力异常兴奋。

"一句话,万事无他,唯手熟尔。走,咱们去吃饭,中午我请客。"

两人说说笑笑,去享受美味佳肴了。

关键词：流程

学会销售流程拆解是基础。不少企业和管理人员特别重视产品的介绍和成交技巧的培训，而没有帮助销售人员进行销售全流程的拆解。销售流程的拆解至少要分为找到客户资料、知道关键人是谁、得到关键人的联系方式、获得与关键人见面交流的机会；见面后的环节有简短破冰、需求挖掘、产品介绍、解决反对意见、包装铺垫、成交技巧、索要承诺、合同收款和交叉销售等。其中挖掘需求、包装铺垫、索要承诺几个重要环节容易被普通销售人员忽略或不重视。

关键词：系统

重视系统化提升是关键。销售高手一定是在系统化提升方面做得非常优秀。对于销售来说，每一个环节就是一块木板。销售人员必须找到那块最短的木板，然后不遗余力地拉到最高，然后再找到剩下的最短的木板，同样全力以赴地拉到最高，如此循环下去，系统化提升就可以实现了。

关键词：概念

在解决客户的反对意见中，可以巧妙地运用概念互换来拓展空间。比如客户一直纠结价格如何之高、如何之贵的时候，如果销售

战斗

① 一位阿里巴巴销售菜鸟的逆袭

人员只是就价格问题与客户展开拉锯战，那效果一定是微乎其微的。这个时候可以巧妙地把价格问题转化为性价比的问题，这样销售人员所能发挥的空间就大大增加了。另外比如把效果转化为投资回报率，把客户转化为渠道，等等。

第九章
淡妆浓抹

周秀兰和杨五力中午吃完饭各自小憩了会儿,下午2点钟又准时出现在了会议室。

"五力,下午两个模块包装和铺垫以及成交技巧我们一气呵成讲完,然后咱们就回家休息,如何?"

"没问题呀,老大,咱们也得劳逸结合啊。"

"好的,那咱们就速战速决,先探讨包装的话题。那第一个问题是包装的含义是什么?五力,你说呢?"

"提到包装,我个人的感受就是让一个人更漂亮,让一件产品更有卖点,这是我的理解。"

"很不错,五力,其实你真的讲出关键点了,很好。接下来我谈谈我个人对包装的理解,就是通过语言、文字、动作、图像等手段提升公司和品牌的影响力、加强客户对产品价值的认同感,从而提高产品的卖点,还有就是有利于提升人物的影响力,更容易得到他人的尊重,以上是我个人对包装含义的理解,五力,你有何高见呢?"

第九章　淡妆浓抹

"感觉像在听天书，我真的一直对包装没有什么概念，也没怎么重视，所以这个环节比较弱。"

"刚从事销售的人员在包装、铺垫、成交、承诺、收款、交叉这几个环节是普遍较弱的，也容易理解，一是经验不足；二是刚开始比较功利，很想快点拿业绩，因为几乎每家公司都有考核制度的；三是有些公司培训系统不健全，或者压根儿对培训不重视，再或者培训老师本身功力不够，这样就导致销售人员成长较慢。"

"是的，是的，我很有感受，我在北京做直销的时候，一年到头公司也没几次培训，就知道让我们在外面卖东西，每每想到当年的情景，烈日下，冰雪上，风里来，雨里去，好多次因自己而感动流泪，也无数次告诉自己一定要坚强，要想别人瞧得起，首先自己了不起。"杨五力说到这儿，泪花盈眶，颇有点小感慨。

"五力，你丰富的人生阅历就是你最大的财富，相信自己吃的所有的苦都没有白费，不是没有回报，只是时候未到而已，男人怀才就像女人怀孕一样，时间长了早晚会被看出来的。"

"嘿嘿，老大，你真幽默。"杨五力被周秀兰一席话逗乐了。

"好，谈完了包装的含义，那我们谈第二个问题，就是包装的方法。含义中我们说明了包装的对象是公司、产品、人物等；手段有语言、文字、动作、图像等，那究竟如何用手段来完成给对象的包装呢？我们来探讨关键，对于公司的包装，语言、文字、图像都可以的，当然还有视频什么的，那拿什么来包装呢？其实就是能够体现光环的东西，比如阿里巴巴获得了"福布斯杂志全球最佳 B2B 平台"称号，有了《福布斯》的背书，这个就是非常有价值的光环，可以与客户说，也可以在媒体或者公司的网站上突出显示，还有比如阿里巴巴在 Alexa 权威网站数据分析机构的国际贸易分类 B2B 平台排名是第一的，由于是 Alexa，第一就非常值钱，所以我们要大作文章，大写特写。"

语言	文字
动作	图像

第三把金钥匙：包装四要素

"老大，这样看来，包装的方法就是先找光环，然后关联，是这样吧？"杨五力弱弱地问道。

"也可以这么说，关键要把这些光环放大，通过语言重点强调，通过各种宣传渠道突出显示。在公司的包装方面，不少企业很重视图片的使用，我知道咱们部分客户的工厂照片、车间照片、设备照片等都是合作伙伴的，但这样确实大大提高了国外客户对自己的信任感。"

"噢，说到这儿我感觉我对包装这个关键词有点理解了，确实很有意思。"

"好的，对产品的包装也可以参考类似的思路，比如把咱们阿里巴巴中国供应商的产品包装成'永不落幕的广交会''网上虚拟展示厅'，这些都是包装，我记得以前有个波导手机，其广告词是'手机中的战斗机'，这也是包装，而且简单、明确、易记，所以包装这个环节是需要智慧的，要去思考、去挖掘、去总结。"

"我觉得有时候团队在一起大家头脑风暴，集思广益往往会有好的创意出现。"

"你说得对，咱们东方明珠团队以后可以不定期地搞一些研讨会。另外我再说说对人物的包装，每次谈到这个问题我总是觉得我刚加入阿里巴巴做业务的时候是很傻的，有些单子我拿不下的时候我就找我的老大帮我去逼单，当时我不懂得什么叫包装，就直接带着老大去客户那里了，甚至客户根本就不知道我老大要去，结果客户冷冰冰的，我老大也特别尴尬，结果单子没有逼下来，反而我老大按照他的节奏与客户见了两三次最后把客户签了。"

"老大，原来你也是这样过来的呀，嘻嘻！"

"任何 Top Sales 都有一个成长的历程，后来我老大详细给我讲了关于人物包装的问题，他说很多人把各种抬头印在名片上也是包装，什么会长、秘书长、人大代表、教授、导师、博士等都是包装，当然这些都是基于事实的，放在名片上可以立马引起他人的注意，提升在对方心目中的分量，从而快速赢得对方的尊重，提升影响力。同时，我老大也说，有些公司的员工甚至有两三种不同抬头的名片，这些员工

在公司可能只是位非常普通的销售人员,但是他们分别有销售经理、销售总监甚至是销售副总裁抬头的名片,其目的是不言而喻的啊,咱们阿里巴巴从来不这样做,因为咱们有诚信的价值观。"

"是的,咱们阿里巴巴在这方面做得最好了,从来不乱来。"

"我老大告诉我,如果真的想得到他的帮助,对签单有效果,必须把他包装得很有价值,而且平常特别忙,还不容易见到,他告诉我可以从时间维度、职位维度、业绩维度、专业维度等进行包装,这样客户在还没有见到本人的情况下就对他有了基本的了解而且印象非常好,见面时会很尊重、很珍惜。"周秀兰在旁边的白板上写下了几个关键词:时间、职位、业绩、专业。

"老大,那你能不能说说你是怎么包装你老大的?"

"可以的,每当我觉得拿单有难度,或者与客户的进展比较缓慢的时候我就开始伺机包装我老大了,我一般会这样说,王总,改天若有可能我想介绍我们的经理与您认识,他叫陈雄伟,是咱们广州阿里巴巴的创始员工之一,加入公司已经4年多了,他带领的团队业绩始终排在全国前3名,有好几百家的客户通过他的服务和指导每年新增几百万几千万的生意,他是咱们广州电商圈公认的专家啊。王总,还有一点我想与您分享,有好几位咱们广州阿里巴巴的客户,只要咱们陈经理过去,这几位老板都不允许下面的人给陈经理倒茶,而是亲自端茶送水,以表达敬意,这已在咱们广州电商圈传为佳话了。五力,只

第九章 淡妆浓抹

要我每次说到这儿,大部分客户都对见我老大表示出了浓厚的兴趣。"

"厉害,厉害呀,老大,那你会马上安排见面吗?"杨五力边竖大拇指,边问道。

"不会的,马上安排就不值钱了,我一般这样说,王总,陈经理要经常去杭州开会,而且经常出席全国各种电商会议演讲,时间确实非常紧张,有两家客户 3 个月前就在约陈经理的时间,到现在还没成行呢。这个时候客户见我老大的意愿反而更强了,会再三要求帮忙协调,希望能够尽快见面交流一下。"

"那接下来你如何回答呢?"杨五力刨根问底。

"我的做法是当场不表态一定会安排成功,但一定尽力而为,说辞一般是这样的:王总,我回公司后把这件事情当成最紧急、最重要的事情,一定会尽力而为的,一有好消息我第一时间告诉您。然后基本上我就起身告辞了,见好就收。"

"老大,那你什么时候再与客户联系,这个时间长度如何把握呢?"杨五力疑惑不解地问道。

"可以确定地说,前 3 天肯定是不会联系的,那样做太假了,我一般会在第 4 天或者第 5 天联系,有时候也会隔一周。"

"说辞如何把握呢?"杨五力兴趣正浓。

"我会很兴奋地给客户打电话,我一般这么说:王总,告诉您一个好消息,陈经理这两天刚出差回来,我找到他把咱们这边的情况详细

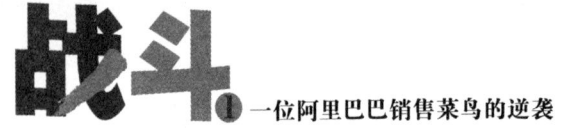

地说了,他这几天本来要去拜访其他客户,被我好说歹说,我嘴巴都说干了,他同意明天下午2点钟可以与您见面半个小时,王总,这个时间您能确认或者调整下吗?由于之前的包装,就是客户之前已经安排了别的事情,一般也都会就着这个时间调整下。"

"我师爷见面后会谈些什么呢?客户是否会问很多问题?"

"我老大与客户沟通的关键点就是需求与故事,需求沟通的方法和策略单大鹏已经与你分享了,故事方面他是真真切切的专家啊,他会说好几个不同的客户怎么从刚开始怀疑阿里巴巴,又怎么进入尝试,然后不断学习,逐步创建了非常优秀的外贸团队,通过电子商务有的企业一年成交几百万,有的成交了几千万,说的客户热情澎湃,蠢蠢欲动。"

"客户是否有提到反对意见呢?"

"因为我老大是以专家的身份出现的,客户提的问题很少,认真听的比例很高,偶尔有些常规的反对意见他能易如反掌地化解,所以如果有他的配合签单成功率会很高,而且时间会大为缩短。"

"老前辈都很厉害啊,真是学无止境。"

"是的,说到这儿我想起了一件事,我曾经听过一位孙老师的培训课程,他在包装方面分享的价值编码和动作包装让我记忆深刻。我记得孙老师举了几个例子,第一个例子是一位奔驰汽车的销售高手报价与众不同,某款奔驰汽车同事给客户报价是76万元一辆,但这位销售高手给客户的报价是一公斤380元,一共2000公斤,合计76万元,这位销售高手给客户的解释：一、同价格的其他某品牌汽车只有 1800 公斤，咱们买的是便宜还是安全？二、咱们用的钢板厚度达 1.7 厘米，底盘高度 12 厘米，咱们用的钢货真价实。他这么给客户报价再加上很有说服力的解释，所以他的成交率和业绩远远高于其他同事。"

"哇塞，头一次听说卖汽车按公斤报价的，真是开了天眼了，人外有人哪！"

"是的呀，孙老师认为一公斤 380 元就是对这款奔驰汽车的价值编码，非常有效。第二个例子是关于真丝女装的，有位卖真丝女装的店主，之前的标价平均是一件 1200 元，但每位客户都会砍价，而且是血淋淋的，最后成交价平均只有 500 元左右。后来这位店主改变了报价的方法，改为一根蚕丝 1 块钱，不同的衣服根据蚕丝的用量标上数字，有的衣服是 1200 根，有的是 1300 根。刚开始客户都很好奇，问为何如此报价呢？这位店主是这样给客户解释的，她说，一只蚕前后要养 3 个月的时间，要创造湿润的环境，要喷 3 公斤的水，吃掉 9 公斤的桑叶，您说一根蚕丝是否值 1 块钱，这个时候几乎所有的客户都无言以对。最后这位店主的平均成交价从 500 元提高到了 800 元，仅仅是因为改变了报价的方法。"

"那这位店主用的价值编码就是一根蚕丝 1 块钱，对吗？"杨五力不假思索地问道。

"我认为是对的，所以从那儿以后我对价值编码这个关键词记忆非常深刻。后来孙老师又举了两个关于动作包装的例子，一个是关于飞

亚达手表的，另一个是关于宾利汽车的销售。我记得内容大概是这样的：假如你要去一家品牌手表专卖店去买手表，当你向营业员提出要看某款手表的时候，如果这位营业员把这款手表随手一递甚至都没有看着你，你会觉得这款手表很值钱吗？"

"我感觉是地摊货。"

"我也是这么认为的，但是飞亚达手表的营业员不会这么做，她们会先慢慢地戴上白手套，很虔诚的，感觉是在拜佛之前把手洗干净一样，然后小心翼翼地把放有手表的特别精美的小匣子搬上来，小匣子上面还有锁，营业员再拿出钥匙把小匣子打开，取出手表后营业员不会马上递给你，她们还会再用高档鹿皮布料仔细擦几下，然后双手毕恭毕敬地把手表递到你面前，五力，如果是你在现场你会是什么感受？"

"我买不起，感觉好贵哟。"杨五力直截了当。

"哈哈，你觉得很贵，那就证明人家做得很到位啊，包装得很成功啊。"周秀兰哈哈大笑道。

"是的，通过动作的包装也能提升产品的价值，真的要好好学习呀。"

"那肯定是要学习的，学以致用嘛。关于宾利汽车的销售，孙老师说，如果你直接进宾利汽车专卖店买车，人家不让你进，得提前预约，你填好申请表格后，并注明两个可以接受的上门时间，然后就回家等通知吧。过两天宾利的销售人员会给你打电话确认上门时间，然后在这个时间之前你一定会收到一封快递，打开后你会发现里面有两双袜

第九章 淡妆浓抹

子，上面说的很清楚请上门看车的时候带上这两双袜子。好了，你如约来到宾利汽车专卖店，销售人员不会急着让你去看车，而是领着你去一间VIP房间换一身外套，当然也要把袜子换掉，最后你才有机会去触碰和试驾你心目中的爱车。五力，怎么样？"

"老大，销售真是一门艺术，想出这些方法的人都是有智慧的人啊！"

"这些企业都是有高人指点的，搞不好我们以后也能成为高人呢！"

"老大，你绝对可以的，我相信你。"

"不要只相信我，也要相信你自己，好吧。那关于包装我就讲这么多吧，感觉也蛮细的，不过提醒一句，包装要基于事实，要恰到好处，不能过分夸张，更不能以假乱真，苏东坡有句诗叫'淡妆浓抹总相宜'，这就是我想表达的思想。"

"放心吧，老大，我会注意分寸的。"

"好的，接下来说说铺垫吧，五力，你现在对铺垫有所了解吗？"

"说实话，老大，我一点儿没概念。"

"我所知道的，特别厉害的销售高手都非常善用铺垫技能，普通的销售人员见到客户后把产品说得天花乱坠，不给客户说话的余地，然后抛出所有的促销，给到最优惠的价格，希望客户马上购买产品，结果客户不买账。销售高手就比较善于把握火候，他不会去黏着客户，而是想办法让客户黏着自己，这才是功力的体现。"

"那到底应该怎么做呢？"杨五力有点一头雾水。

"五力,铺垫大的原则就是通过对资源的巧妙利用达到主动销售,怎么理解这句话呢?我今天先讲包装是有原因的,铺垫的关键是你说的东西特别好,特别有价值,客户也很认可,但客户现在得不到,没有资源,不过接下来的一段时间内很可能有资源,也不是百分百地有把握,即使有了资源,但数量有限,时间很紧,需要以最快的速度应对,给出答案,这就是铺垫的核心所在了。"

"我有点明白了,老大,你能否举个例子呢?"

"没问题,其实我说的在我老大的那个案例已经带有铺垫的成分了,我最喜欢用的是铺垫促销资源,其中最多的就是光盘手册,我一般是这样与客户交流的:'王总,我有个非常重要的信息要与您分享,我在杭州的内线告诉我,公司大概一周以后会推出一个特别有价值的资源,就是美国拉斯维加斯国际消费类电子产品展览会的光盘手册,这个展览会是咱们消费类电子产品全球的顶级盛会,据相关权威部门预测,参加这个展会的人数会突破10万,其中大部分都是遍布全球的优质买家,咱们阿里巴巴会在这个展会上派发两万本手册和两万张光盘,王总,如果您近期就与阿里巴巴合作,您将有机会得到免费的推广资源,我算了一笔账,如果咱们自己制作两万本手册和两万张光盘再安排人员出差到美国派发,还有机票、食宿等加起来怎么的也要10万元吧,王总,这个资源真是太难得了,唉,就是这个资源太少了,据听说全国一共只有200个名额,分到广州也就几个而已,王总,资源一旦出来,您是否需要我帮您去抢呢?'五力,像这样的客户一般情况都是之前谈的比较成熟的客户,效果会特别好,如果客户积极让你去关注资源,那这件事情十有八九就能成了。"

"我个人也觉得铺垫应该对客户的成熟度有要求。"

"是的,谈判初期的客户你只是挖掘其需求,介绍产品,处理反对意见,等客户真正认可了产品的价值,把焦点放在价格或增值服务上面的时候,你的包装和铺垫就会事半功倍。"

"老大,除了促销资源,还有哪些方面需要做铺垫呢?"

"除了促销资源,还有领导陪访、会议沙龙、线下培训、总部参观,等等,都可以做铺垫的,总之对客户很重要,客户也很认可,现在没有,但接下来可能会有,如果有要立马抓住,我这样说你应该明白了吧?"

"嗯,基本上明白了,我大概知道该如何做了。"杨五力边点头边说道。

"好了,说完包装和铺垫,该说说成交技巧了。成交技巧这个环节我并不担心你,因为这个环节我们培训的频率是最高的,我相信其他公司在这个环节上的培训频率也是最高的,因为大家都想成交,都有指标,都有压力。"

"是的,不过我们现在用的成交技巧还是利用促销逼单为主,感觉没什么层次。"

"这个要看人的,非常有经验的销售高手会运用组合成交技巧,而新手可能就比较单一了。"

"老大,常用的成交技巧有哪些呢?"

"比较常用的成交技巧有假设成交法、资源稀缺法、二者选一法、

直接成交法、附加利益法、从众心理法、成功故事法、对比成交法等，不过，五力，这些成交技巧中我个人认为假设成交法是最有效，也最见功力的，所以，今天我只与你交流与假设成交法有关的问题。"

"好的，老大，假设成交法我也一直想请教你，我们想到一块儿了。"杨五力边喝咖啡，边朝周秀兰眉开眼笑。

"五力，你要掌握假设成交法的关键在于'假设'两字，普通的销售人员在这个环节处理得会比较粗糙，常会出现类似下面的问题：一是过于直截了当，比如会问客户：'王总，今天咱们能够确定合作吗？''王总，今天咱们能够签订合同吗？'等；二是可能会节外生枝，本来客户没有意识到的问题，这个问题非常有可能对签单产生障碍，销售人员反而特别强调，尤其是在销售人员自身处理能力较弱的时候更为危险，比如提到竞争对手近期的市场策略，推广活动等；三是羞于提出合作，心理素质不够强，怕客户拒绝，在客户那里坐了两个小时就是不敢提有关签单的问题。"

"老大，你刚才提到的几个问题在我身上都出现过，有时候我真的不知道怎么处理才好！"

"其实我刚才讲的几个问题没有什么严格的对和错，好和坏之分，我们探讨的是如何让签单更加容易，甚至达到'润物细无声'的地步，所以假设成交法是我极力推崇的。"

"那如何把握其中的关键呢，老大？"

"我的做法是首先你要确定解决了反对意见这个环节，而且做了充

第九章 淡妆浓抹

分的包装和铺垫，双方都意识到进入了合作的边缘，我们的目标是巧妙地把客户推进去，而不是拉进去，那究竟怎么做呢？首先你要列个清单，什么样的清单呢？如果客户投资阿里巴巴之后紧接着最重要的几件事情，我们就在这几件事情上做文章；其次是设计说辞，悄无声息，天衣无缝地把客户推进去。五力，现在探讨一个重要的问题，如果客户投资阿里巴巴之后紧接着最重要的是哪几件事情，你先说说好吗？"

"最重要的肯定有拍摄30秒视频录像，当然如果是金牌供应商的话，还有3张工厂照片。"

"还有其他的呢？"周秀兰继续问道。

"其他的要安排后台培训，上传产品，应该就这么多了。"

"五力，我给你分享我用的最多的几招吧，第一是域名，第二是营业执照，第三第四就是你刚才说的拍摄30秒视频录像和后台培训的问题。"

"那具体有什么说辞呢？"

"我只能把我经常使用的说辞供你参考，你要想办法去形成自己的语言才行，参考说辞如下：

王总，麻烦您告诉我咱们这边的公司域名吧，阿里巴巴会送给咱们公司一个二级域名，我建议与咱们公司现在使用的域名相同，这样特别有利于全球推广。

经验告诉我，这个时候大部分已经谈得特别成熟的客户会告诉我域名，然后我就直接取出合同开始填写，全部完成后就让对方确认，

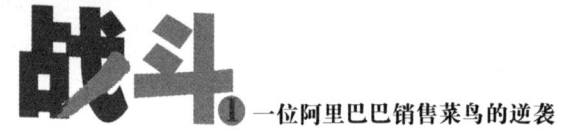

确认无误就会直接签字盖章,这就是我想解释的润物细无声地把客户推进去。那另外的几个说辞是这样的:

王总,方便给我一张咱们公司的营业执照复印件吧,因为阿里巴巴这边没有营业执照复印件是录不了合同的,谢谢您了,王总。

王总,咱们合作以后阿里巴巴会赠送给咱们公司30秒的视频录像,可以全面展示咱们公司的形象和实力,包括生产规模、硬件设备、专利技术等,而且可以全球直播,您看明天或者后天可以安排拍摄吗?

王总,咱们合作以后阿里巴巴会安排集中的中国供应商后台培训,您看安排哪两位员工去比较合适呢?我这边先记录一下。

五力,以上就是我自己做业务的时候经常用的说辞,您感觉怎么样?"

"老大,你的功力太深厚了,这些说辞换了我,可能说得不会那么自然啊。"

"这不又是老生常谈了吗,一句话,万事无他,唯手熟尔,你就好好练吧。行了,今天我们俩够累的了,咱们都回去休息吧。"

"好的,真的辛苦你了,老大,我感觉我们是上海最勤奋的一批人啊!"

"哈哈,应该是吧,有句话怎么说来着,吃得苦中苦,方为人上人啊,明天上午10点我们继续在这里碰面,我们只需要花半天就好了,把索要承诺、合同收款、交叉销售的关键点谈完就好了,下午可以回去睡个好觉,后天又要战斗了。"

"是的,老大,战斗!战斗!战斗!"杨五力再一次上演招牌动作。

关键词：包装

包装是能够达到事半功倍的销售方法。包装是特别值得销售人员去钻研的一个环节，也是能够彰显销售功力的环节之一。不仅对产品的价值要进行充分包装，而且对公司、对同事、对上级、对促销资源等都要进行恰当的、精准的、震撼的包装，因为这样可以事半功倍。包装的手段不仅有语言和文字，适当地使用动作、图像和视频可以实现一箭双雕、一举两得的效果。包装四要素是我力推的第三把金钥匙。

关键词：编码

说话就是生产力。同样是报价，换了编码却能够产生翻倍甚至是多倍的效果，这就是价值编码的魅力所在。价值编码有三个核心要素，一是数量；二是单位；三是价格。价值编码三要素是我力推的第四把金钥匙。当然，销售人员也无需生搬硬套，照本宣科，价值编码的使用视行业和产品而异。

数量	单位	价格
1	公斤	380（元）
1	根	1（元）
1	天	109（元）

第四把金钥匙：价值编码三要素

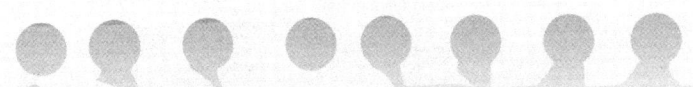

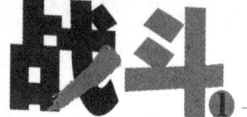

关键词：铺垫

铺垫是销售的连接线。对于大额订单的销售来说，与客户第一次见面很难把单子签下来，往往要上门拜访两次、三次、甚至更多次，每次上门拜访之间的铺垫就显得尤为重要。

现在 ——→ 有价值

当下 ——→ 拿不到

未来 ——→ 有可能

第五把金钥匙：铺垫三步曲

铺垫有三个关键点，一是现在有价值，对于自己铺垫对象的价值要有能力把它体现出来。二是当下拿不到，马上就能获得的东西就不值钱了，或者客户就不觉得稀罕了，小米的饥饿营销可窥一斑。我们知道这个时候可以有，但不能有。三是未来有可能，这就是铺垫的目的所在，为了再次上门，为了签单收款，恰当的时候该有就得有了。铺垫三步曲是我力推的第五把金钥匙。

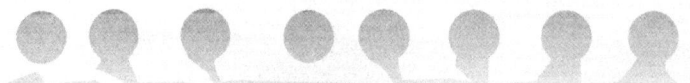

第十章
一诺千金

第二天上午 10 点,周秀兰和杨五力又都准时出现在了约定好的会议室。"五力,经过昨天一天的梳理,思路是否又清晰一些?"周秀兰主动发问。

"那是肯定的,老大,尤其是你说的包装和铺垫环节我之前几乎是空白,我现在才知道销售是需要节奏的,要踩着节拍走,要一环套一环,我之前每次见客户都恨不得立马签单收款完事,现在我知道要改变了。"

"是的,如果你把昨天讲的几个环节理解透并不断打磨,再加上我今天将与你交流的索要承诺、合同收款和交叉销售,那你基本上整个销售流程就走通了,就没有特别明显的短板了,你接下来的业绩我相信也会突飞猛进的。"

"借你的吉言,老大,你刚才提到的索要承诺我也是头一次听说,不知如何理解呢?"

"还记得你 7 月的时候,差点签了一家叫银皇冠的制笔客户,那位客户是黄老板,我记得很清楚。"

"这个客户我当然记得,我当时气坏了,我给了他所有能给的资源和促销,甚至向公司申请了超出要求的资源,他虽然当天把合同签了,但是第二天我去拿支票要求他付款的时候,他又提出打折的问题,不打折就黄单,也怪我当时没保持好态度,最后他生气再也不理我了,打电话不接,发短信不回,到现在也没联系上,唉!"

"你当时刚来公司不久,我希望你自己多摸索一段时间,所以没有给你太多培训,另外你也特别想尽早签单过关,所以这个客户谈得是急了些,现在给你说的索要承诺这个环节就是解决类似问题的良药。"

"那太好了,老大,这个环节你一定要讲细些,我可是吃了大亏的啊!"

"哈哈,好的,没问题。首先我想与你聊聊关于索要承诺这个环节的背景,同样的,我刚加入阿里巴巴做销售的时候也黄了几单,情况与银皇冠类似,后来我与很多 Top Sales 交流过,慢慢琢磨出了如何处理好索要承诺这个环节。人往往有个心理,越容易得到的东西越不珍惜,另外我个人觉得人们有个普遍心理,就是买东西的时候,销售人员给自己的第一次报价和优惠条件一定不是最好的,往往要经过数次厮杀才能拿到比较满意的、真实的价格和优惠条件,这样的情况我们暂时就叫它'秀兰现象'吧,所以问题的根源在于人们的心理。"

一位阿里巴巴销售菜鸟的逆袭

"嗯,说得很有道理,老大,那如何解决比较好呢?"

"我的心得就是三步走。第一步是降低期望,既然人们的心理是销售人员给自己的第一次报价和优惠条件一定不是最好的,那我第一次给客户的就一定不能是最低的报价和最优惠的条件,先降低客户的期望,比如光盘手册,本来可以给整版的,我先给1/4版;能打7折的广告我只给9折;能赠送24个橱窗产品的,我先只赠送6个,等等。"

"我相信几乎所有的客户都会讲价的,我们给的条件基本上都不是最后成交的条件。"杨五力也很有感触。

"所以说嘛,第一步要降低客户的期望。"

"那第二步是什么呢?"杨五力急切地问道。

"第二步就是满足期望,但这一步就要完成索要承诺的动作,否则后面会有隐患。"

"如何理解呢?有案例吗?"

"这样,我模拟一个场景,假如我与王总在谈签单的事情,我想通过光盘手册的资源说服他签单,按公司的政策客户可以享受到整版的资源,参考下面的说辞:

王总,我上次跟您提到的光盘手册刚刚推出来,我上次说过,这是一个特别有价值的资源,这是在美国拉斯维加斯国际消费类电子产品展览会上派发的光盘手册,这个展览会是咱们消费类电子产品全球的顶级盛会，据相关权威部门预测参加这个展会的人数会突破10万，其中大部分都是遍布全球的优质买家，咱们阿里巴巴会在这个展会上派发两万本手册和两万张光盘，王总，我算了一笔账，如果咱们自己制作两万本手册和两万张光盘再安排人员出差到美国派发，还有机票、食宿等加起来怎么也要10万元吧，王总，这个资源真是太难得了。

我们有多大的版面？

王总，根据我们目前的投资金额咱们可以享受到1/4的版面。

这也太小了吧，这么小的豆腐块谁看啊，至少也要半个版面吧，我们都投资十几万了，你们老板太小气了吧。

王总，其实是这样的，刚开始的时候我的感受和您是一样的，我来的时候还与我们陈经理说呢，咱们王总投资了十几万，看是否能够支持半个版面呢，后来陈经理是这样说的：这个展会的光盘资源确实太紧缺了，换了别的展会也许还有可能，全国只有200个名额，分到广州也只有6个，还有好多投了差不多钱的客户都享受不到这个资源啊，要不是我机灵，很可能连这1/4版面都拿不到呢，王总。

小周啊，不管怎么样我都会感谢你的，你做事确实很细心，不过咱们也是大公司，1/4版面不符合我们的品牌形象啊，让同行看到了笑话，你能不能再想想办法呢？

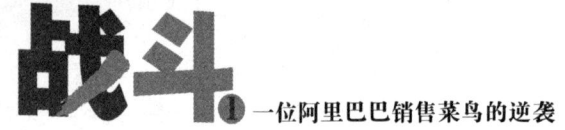

一位阿里巴巴销售菜鸟的逆袭

王总,我知道您一直特别认可咱们阿里巴巴,而且一直非常认可我的工作,这样吧,您再等我几分钟,我看能否让陈经理出面与杭州总部托托关系,我出去打个电话。

五力,这个时候我会出去给咱们同事打几个电话,你懂的,大概10分钟左右我再回去。

王总,咱们陈经理正在与杭州总部交涉,他让我与您确认一下,因为如果最终真的能够争取到半个版面的资源,您今天是否可以把支票开给我,像这样紧缺的资源都是以到账时间为顺序的,否则最后还是被人家抢走了。

开支票那肯定没问题,只要你帮我搞定了,我立马给你开支票。

好的,王总,您再等我一下,我一会儿就回来。

这个时候我再出去一次,再给几个同事打打电话,大概15分钟左右就回去,必须非常兴奋地,两眼放光地跑过去。

王总,恭喜您啊,太好了,半个版面的资源拿到了,这个可都是咱们陈经理的功劳啊,下次您得请咱们陈经理吃大餐啊!

王总拿到资源了,自然很高兴,接下来开支票、签合同就水到渠成了,五力,通过我刚才列举的这个案例,你应该对满足期望和索要承诺有感觉了吧。"

"这个案例太值得我深思了,感觉要欲擒故纵,不能把客户看得太重,更不能太急于签单收款,否则欲速则不达,如果我谈银皇冠的

第十章 一诺千金

时候就有这样的思路和做法,我想当时一定是可以拿下来的。我刚开始没有降低期望,不但没有降低期望,直接就满足期望了,而且还申请了超出要求的资源,结果没有空间了,对于刚才这个案例,我真是受益匪浅,老大,你太棒了。"

"现在意识到了就不晚的,成长总归要一步一步来的。五力,案例还没有结束,下面要到第三步了,第三步叫超出期望,我刚开始就说了,以客户的投资金额是可以享受整版光盘手册资源的,我们不能真的最终只给客户半个版面的,我们是讲价值观的,所以第三步还可以与转介绍联系起来,回公司第二天后给客户打电话,参考说辞是这样的:王总,还有个好消息与您分享,阿里巴巴总部看了我递交的关于咱们公司的材料,非常认可咱们公司在业内的影响力,所以给了咱们一个参与'推荐有礼'活动的机会,就是王总您只要推荐5位做外贸的朋友给阿里巴巴,就可以另外再获得半个版面的光盘手册资源,这样加上昨天的半个版面咱们可就是整版了呀,王总,这对咱们公司在全球的品牌推广那可是如虎添翼,锦上添花啊!由1/4版面跃升为整个版面,一定是超出客户期望的,推荐朋友给阿里巴巴也是顺理成章的事情。五力,三步走这样就讲完了,有其他问题吗?"

"这个环节对我来说收获太大了,按照三步走的方法以后黄单的可能性一定会大幅降低的,老大,真像你说的,一环套一环,环环相扣啊,

每个环节原来都这么有讲究，哎，做销售真有意思呀！"

"你真心真意地喜欢这个职业，那么你就会享受到其中的无限乐趣。索要承诺这个环节还利用了人们的一个心理，那就是人们都不愿意被别人看做是不讲信用的人。人一旦答应了别人某件事情，或者说承诺了在某种条件下一定会做什么事，如果最终条件达到了，但这个人没有兑现自己的承诺，那在外人看来，这个人就是不讲信用的人。所以，人一旦做出了承诺，心理便有了压力，正所谓一诺千金。"

降低期望

满足期望（索要承诺）

超出期望

第六把金钥匙：索要承诺三步曲

"一诺千金，真的很棒，我是感触良多啊！"杨五力语重心长。

"好了，五力，今天剩下的合同收款和交叉销售内容相对少多了，我很快就可以讲完，你是否需要休息几分钟？"

"老大，我们就一鼓作气，讲完再说吧。"

"好的，为什么我要把合同收款单独做个环节来重点强调呢，我的想法有几点：一是签单不算成功，只有收款才是成功，不少人前面花了大量的时间与客户交流，千方百计地让客户签单，结果收款不及时导致最后客户变卦，功亏一篑，实在可惜；二是收款的方式也是有讲究的，很多人收款的时候会问客户是付现金呢？还是汇款呢？这样的做法有点风险，首先现金的可能性很小，尤其是在咱们上海，因为咱们是少则几万元，多则十几万元、几十万元的合同款，客户不会放心给销售人员这么多现金的；三是这样的做法等于让客户选择了汇款，那问题出现了，客户立即汇款几乎无可能，如果财务不在公司或者出差什么的，一拖可能就是三五天，这么长的时间客户是否会有变化就两说了，你说呢？五力。"

"我觉得是这样的，那老大你有更好的方案吗？"

"我个人最多的做法是直接默认或者假设客户是可以现场开支票的，这是除了客户现场直接通过网上银行汇款外第二个最安全的方案了，我签完合同会直接与客户说，王总，咱们这边支票的抬头是阿里巴巴（中国）网络技术有限公司，您是否方便让财务写'网络'两字的时候小心一点，清楚一点，或者让我来写支票的抬头吧，之前有好几个客户的财务把'网络'写成了'网格'，结果银行退票，账未入成，好不容易争取到的资源又被人家抢走了，实在太可惜了，王总，谢谢您了。我几乎每个单子都是这样收款的。"

"这个真有意思，直接默认或者假设客户是可以现场开支票的，我下次一定要先试为快，我恨不得现在就出去找客户试一下，哈哈。"

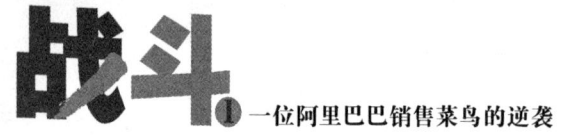

"你看,又急了是不是,这个环节是针对已经签单的客户,你以为像陌拜一样,见人就说啊。"

"噢,老大,别误会,我只是特别想见客户,我感觉心里一下子明朗了很多。"

"这证明销售流程中有几个点你悟懂了,这是自信心的表现,也是功力提升的自然体现。"

"谢谢老大夸奖,你再说说交叉销售吧。"

"交叉销售相对来说是比较容易理解和掌握的,关键就是时间点和方案的把握,对于实力非常小的公司我建议刚开始不用考虑交叉销售,先以最快的速度把最基础的服务攻下来,当进入服务期后,我们就掌握主动权了,再通过成功故事、优势分析、资源紧缺、危机意识等让客户追加投资,比如搜索排名、黄金展位、橱窗产品等。对于实力比较雄厚的客户要直接考虑交叉销售,把搜索排名、黄金展位、橱窗产品等直接设计到方案里去,当然,你要能向客户解释清楚为什么要这样提交方案,同时也要能说清楚这些方案各有什么优势和好处,另外我还有一个心得,提交的方案一般最多是两三个,一定要把金额最大的方案放到前面,最后面是金额最小的方案,中间自然是金额处于第二的方案,我的经验告诉我,客户选择中间方案的比率是很大的。"

"老大,交叉销售我现在用得很少,因为很多时候为了把单子尽快拿下来,都没敢提增值服务,怕把客户吓跑了。"

"这还是心态的问题,特别小的客户刚开始不考虑交叉销售我认为是对的,如果投资额过大,小公司抗风险能力比较弱,会犹豫不决,延迟决策,最终可能会放弃投资阿里巴巴,但大客户刚开始就应该考虑交叉销售的问题,关键要让客户感觉到我们是真正为他们考虑的,也就是说,我们宁愿冒着客户拒绝投资阿里巴巴的风险,也要对客户负起责任来,因为我们提交的方案是有超高性价比的,是可以提升客户竞争力的。"

"感觉这个是需要很深功力的。"

"五力,你说对了,我的座右铭与你分享下'功力的深度决定业绩的高度'我一直在思考一个问题,那就是如何系统化地提升销售人员的战斗力,而不是除了培训成交技巧,还是培训成交技巧,销售人员只在点上有突破很难保持 Top Sales 的地位,如果想要始终站在 Top Sales 的位置,那必须做到系统化的提升。另外我始终觉得咱们做销售的流程与工厂生产的流程是有些类似的,工厂的整个生产流程有很多环节,比如原材料采购、质检与管理、生产计划、生产订单、生产下达、工单派送、生产过程管理、成品质检、仓储物流等,任何一个环节如果出现瓶颈或障碍,都会影响到整个流水线的生产效率。同样地,如果把咱们的销售流程一层一层地剥开,也可以划分为很多环节,就像我经常提到的:首先你要找到客户资料,其次你要知道关键人是谁,接下来要得到关键人的联系方式,再通过电话沟通或者其他方式沟通

获得与关键人见面交流的机会，见面后的环节有简短破冰、需求挖掘、产品介绍、解决反对意见、包装铺垫、成交技巧、索要承诺、合同收款和交叉销售等。五力，你是否有看到，整个销售流程是与工厂的生产流程类似的，如果哪一个环节很弱或者出现严重的瓶颈或障碍，那么销售结果和业绩就会大受影响。我反复在团队内部强调，我们要反复分析自己，解剖自己，找出自己的短板和弱点，然后按照影响结果的权重排序，把排序第一的快速提升和优化，这个环节大幅优化和改善后，再把剩下的排序第一的快速提升和优化，这样循环下去，就可以实现系统化的提升。"

"老大，比如说我的排序是与关键人电话沟通和邀约见面技巧、见面后的挖掘需求技巧、成交技巧、索要承诺的技巧，等等，那是不是我要先集中精力把与关键人电话沟通和邀约见面技巧进行大幅优化和改善后，再集中精力把见面后的挖掘需求技巧进行提升和改善，然后是成交技巧，再是索要承诺，就这样循环下去，直到把销售的所有的流程和环节全部掌握，是这样吗？"

"是这样的，五力，总之一句话，个人成长永远比业绩增长更重要，就像我经常说的功力的深度决定业绩的高度，你个人成长了，功力加深了，业绩不增长比增长还要难，压都压不住。"

"太好了，老大，经过你这一天半的梳理和指导，我悟出了不少道理和方法，接下来我会加倍努力的，一定不辜负你对我的良苦用心和期望。"

"五力，我还要补充几个关键词，第一是思路，这两天的单独培训最主要的目的是开拓你的思路，所以再次提醒不要照本宣科，生搬硬套，必须活学活用，举一反三；第二是设计，所有的电话沟通，见面谈判的说辞和策略都是要精心设计的，这个不仅需要日积月累，更需要智慧和用心；第三是定位，你必须明确自己在团队中的、区域中的、全中国的定位，只有明确了定位，你才能制订出与定位相符的能力提升计划、业绩提升计划，还有应该承担的责任和义务以及应该具备的格局和胸怀。好了，我就补充这几点吧。"

"老大真是高瞻远瞩，睿智深邃啊，太佩服你了。放心吧，老大，我一定会成功的。"

"绝对相信你，五力，我们一起来个'战斗'吧！"

"战斗！战斗！战斗！"周秀兰哈哈大笑着一起秀了杨五力的招牌动作。

关键词：承诺

承诺是销售的定海神针。当销售人员准备利用促销或者折扣等资源去达成订单的时候，在正式给到客户促销或者折扣等资源之前要及时向客户索要承诺，否则客户有可能再次要求给予优惠甚至以黄单相要挟。索要承诺可以按照三步法：第一步降低期望；第二步满足期望，这一步完成索要承诺；第三步超出期望。索要承诺三步法是我力推的第六把金钥匙。

关键词：假设

假设无论是在成交环节还是在收款环节都是一个非常不错的方法。假设的关键是客户在签单后相关的最重要的几件事情是什么，然后在这几件事情上面精心设计说辞，做到字斟句酌，字字珠玑。对于收款的假设是基于安全的考虑，哪种收款方式最安全，最有保障就直接进行假设。

关键词：设计

设计是销售的发动机。所有电话销售的说辞以及见面谈判的沟通内容都应该进行慎密仔细的设计，反复推敲，日臻完善。什么是

设计？下面是一个真实的案例：某集团华东分公司成立三年多了，员工有三十多位。三年多来，集团从未给华东分公司配备咖啡机。究其原因，一是可能之前的负责人勤于业务，没有去申请；二是可能之前的负责人做了申请的动作，总部没在意，结果就是三年多来该集团华东分公司从未配备咖啡机。一位新的负责人接手后向集团CEO发出了这样的申请邮件：

上海云中飞科技公司将在本月底迎来乔迁之喜，云中飞科技公司所有员工目前是喜气洋洋，望眼欲穿，热切期盼能够在新的环境为公司更加努力地战斗。另据相关权威机构研究分析，为员工免费提供咖啡机和咖啡豆的公司，员工的满意度比没有免费提供的公司高出2.8个百分点，员工的幸福指数高出3.5个百分点。另外公司的员工如果每天能够喝上一两杯免费的咖啡，平均每位员工每天可以提高29.5分钟的有效时间，如果一家公司是100位员工，那么配备一台咖啡机一天就可以提高2950分钟，即49小时的有效时间，等于免费雇用了6位员工。同时根据赫茨伯格博士的双因素理论，为员工免费提供咖啡机和咖啡豆可大幅降低员工的不满意度。

基于以上的原因，现向总部申请为上海云中飞科技公司配备一台咖啡机，采购金额不超过5000元，在5000元以内实报实销，另

外每个月再申请 1000 元用于采购咖啡豆、饮料、食品等，每个月 1000 元以内实报实销。

　　结果：批准。

　　这就是设计。

第十一章
一鼓作气

在经过周秀兰近2天的封闭式培训后,再加上成功攻下全国最大的文具企业中韩晨星公司,杨五力此刻信心满满,踌躇满志,接下来,杨五力把目标锁定在了上海金色万年实业发展有限公司身上。上海金色万年实业发展有限公司是广东金色万年文具有限公司在华东成立的全资公司,主要任务就是开拓金色万年的外贸市场。广东金色万年文具有限公司是全国前三的文具制造企业,在国内的知名度和影响力与中韩晨星不相上下。杨五力此前在光大会展中心拿到了金色万年文具公司外贸专员张丽君的名片,只不过张丽君在展会结束后就回到了在汕头的总部,而杨五力也认为作为外贸专员应该没有外贸推广预算的决策权,所以就没有把金色万年文具列入第一需要紧急跟进的重要客户。在攻下中韩晨星之后,金色万年自然就成为了杨五力接下来要攻克的重要城池。同样,杨五力面对几个非常棘手的问题,谁是决策人,如何知道他的联系方式,如何能够与决策人进行电话交流,如何通过电话挖掘关键需求并邀约见面沟通,如果这几个问题能够顺利

第十一章 一鼓作气

解决，杨五力觉得对于金色万年来说，签单收款一定是没问题的。仔细琢磨了几天后，杨五力拨通了金色万年张丽君的电话。

"你好，哪里？"张丽君的回答清脆，甜美。

"您好，张小姐，这里是阿里巴巴中国供应商服务部打过来的，我叫杨五力，我们上个月在上海光大会展中心的文具展览会见过面，您还记得吧？"

"没印象。"

"噢，没关系，可能是您当时在展会上认识的客户太多了，我想请教您几个问题，现在方便吧？"

"可以的，你说吧。"

"好的，谢谢。张小姐，是这样的，我了解到咱们广东金色万年是全国最大的文具制造企业之一，与中韩晨星不相上下，中韩晨星上个月已经顺利跟阿里巴巴合作了，所以我想看看咱们广东金色万年是否也可以与我们合作，以开拓更大的外贸市场。"

"你是说想让我们金色万年在阿里巴巴上面做广告，是吗？"

"张小姐，严格说来，与阿里巴巴的合作不只是做广告，这是一种全方位的线上和线下的展示服务，我们不仅有365天永不落幕虚拟广交会的展示厅，也会在线下通过展会、商会、协会等各种组织和形式推广我们中国供应商的产品，所以，与阿里巴巴的合作性价比是很高的。"

"外贸推广的事情不是我们汕头这边负责的，是由上海那边负责的。"

"是吗！那太好了，我就在上海啊，那张小姐您是否方便告诉我上海这边负责人是谁呢？最好也能够告诉我他的联系方式，谢谢了。"

"你自己在网上找一下吧，我这边不方便告诉你。"

"张小姐，上次在展会上听你同事说你开发了不少欧美的大客户，你可是好厉害的哦。"

"你过奖了，运气。"

"这是实力啊，张小姐，如果咱们金色万年也能够与阿里巴巴合作，我相信您一定可以获得更多的资源，到时您就是公司的销售冠军了，到年底发奖金的时候，您的腰包要鼓鼓的啊！"

"哈哈，你真会说话，那你记下我们上海负责人的信息吧。"

"好的，太感谢了。"

张丽君将金色万年在上海的负责人周德权的名字和手机号告诉了杨五力，第一道坎杨五力成功迈过。接下来，杨五力开始盘算如何与周德权通过电话沟通，挖掘他的需求，进而推进与阿里巴巴的合作。在认真思考了两天后，杨五力又在网上查阅了大量关于金色万年的信息，这一天上午10点，杨五力找了一个安静的会议室，屏住呼吸，静静地拨通了周德权的手机。

"你好，哪位？"周德权的声音沉着而冷静。

"您好，周总，这里是阿里巴巴中国供应商服务部打过来的，我叫杨五力，是咱们金色万年汕头总部张丽君小姐推荐我与您相识的，您

第十一章 一鼓作气

现在通话方便吧？"

"可以，你说。"

"周总，是这样的，我9月在上海光大会展中心文具展览会的时候去过咱们金色万年展台，与咱们的外贸专员张丽君小姐交流过，得知咱们金色万年是全国文具行业的龙头企业，很是为你们感到骄傲。另外咱们金色万年有两句话我感受特别深刻，一句是'中国的金色万年，世界的金色万年'，另外一句是'为人类社会提供最流畅的书写工具'，我强烈地感受到咱们金色万年是一家非常有使命感，非常有文化，而且高瞻远瞩，定位高远的企业啊！"

"呵呵，你还挺用心的，那你今天是什么意思呢？"

"周总，是这样的，上个月中韩晨星已经与我们阿里巴巴合作了，而且还购买了Pen搜索排名第一名，中韩晨星的陈总非常有危机感，他不仅希望在传统领域做领头羊，也希望在电子商务里做到领先，所以我想请问周总，是否有计划通过电子商务加大对海外市场的开拓力度，同时也将咱们金色万年品牌进行全球推广呢？"

"好的，我听明白你的意思了，你叫什么来着？"

"噢，周总，我叫杨五力。"

"好的，小杨，是这样，外贸推广呢我们确实很重视，只不过今年我们已经投了五洲资源，明年的预算要下个月才能出来呢。"

"五洲资源，周总，你很有眼光啊，五洲资源是一个非常不错的平台，

他们的电子和灯具产品做得不错。另外，周总是否方便告诉我咱们金色万年在五洲资源投了多少钱呢？"

"30万左右吧。"

"那还真不少。"

"是啊，五洲资源就是有点贵啊。"

"是的，周总。那我想再请教一下，如果咱们下个月预算出来了，是否有可能也投资阿里巴巴呢？"

"这个不好说，如果预算没有增加，那么投资阿里巴巴的可能性就没有；如果有更多的预算，可能会的。"

"那好的，周总，咱们保持联系，期望我们有机会合作，谢谢您。"

"好的，没问题，再见。"

挂完电话，杨五力若有所失，没精打采。

时间过得很快，一眨眼到了10月中旬，杨五力这个月的业绩还是"鸭蛋"，不由得心急起来。杨五力把所有的客户盘来盘去，苦思冥想，也没有找到近期觉得能够签单的客户，最后，杨五力下定决心，争取上门拜访金色万年的周德权，看是否有可能推进合作。做好准备后，杨五力又一次拨通了周德权的电话。

"周总，您好，我是阿里巴巴的杨五力，前几天与您通过电话，您现在通话方便吧？"

"可以的，你说。"

第十一章　一鼓作气

"周总,我明天上午要去南昌路拜访一位老客户,我一看正好离咱们金色万年公司很近,所以我想顺便过来拜访参观一下,同时可以目睹一下您的风采啊。"

"你客气了,你估计几点能到呢?我明天上午 10 点有个会。"

"我拜访完客户到您那儿估计上午 11 点左右。"

"那 OK,你过来吧。"

"好的,谢谢周总,明天见。"

第二天,杨五力上午 10 点就到了金色万年公司附近,由于时间还早,正好旁边有家麦当劳,杨五力便进去要了杯咖啡,连喝了几口后,开始闭目养神,在脑海里反复假设场景和演练说辞。

10 点 50 分,杨五力准时来到了上海金色万年实业公司的前台,说明来意后,在前台接待的引领下,杨五力在一间大型样品陈列室坐了下来,房间里面有十多排展示架,上面陈列着各种各样、琳琅满目的办公用品,杨五力不由得站起身来回参观。

不多一会儿,只见一位个子不高,略显微胖,健康肤色,戴着眼镜的男士风风火火地走过来。

"是小杨吧,不好意思,有失远迎。"

"您客气了,周总,谢谢。"

周德权安排前台给杨五力倒了茶水。

"周总,我还真没想到,咱们有这么多琳琅满目的产品。"

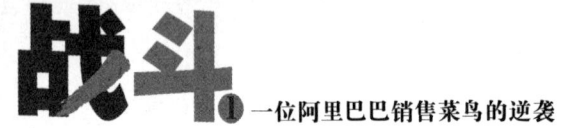

"是啊,一般人以为我们金色万年只生产笔,其实光笔这个产品我们就有几百种,另外还有修正带、卷笔刀、固体胶、橡皮擦、蜡笔、美工刀等,所有产品加起来,2000 种也有了。"

"真是开了眼界了,咱们金色万年绝对是全国文具行业的龙头啊。"杨五力瞠目结舌。

"不谦虚地讲,那绝对是龙头。"

"那咱们金色万年成立有十多年了吧?"

"是的,我们金色万年公司是 1992 年成立的,总部在广东汕头。"

"发展得这么快,您能否讲一下金色万年为什么能够成为全国文具行业的龙头企业呢?"

"哈哈,客气了,这主要还是我们董事长周英标先生有眼光,有魄力。我们金色万年自成立之日起就决心担负'为人类提供最人性化的书写工具'的神圣使命,树立了'成为世界规模最大、实力最强的文具企业'的宏伟抱负。在这种精神的指引下,我们金色万年历史性地制造出领先中国文具行业的现代书写工具——中性圆珠笔。所以,12 年来,我们披荆斩棘,我们坎坷征程,我们心酸血泪,铸就了现在金色万年的光荣与梦想。"

"说得好,精彩。"杨五力身不由己鼓起掌来。

"谢谢,客气了。"

"真的,我确实强烈地感受到咱们金色万年公司是一家非常有使命

第十一章 一鼓作气

感、非常有文化，而且高瞻远瞩，定位高远的企业。"

"是的，我们董事长周英标先生是一位很有抱负的企业家，我们金色万年不仅是集文具的研发、生产、制造、销售及服务于一体的实体企业，还涉足软件、房地产开发、生态度假、电子、服装等领域。我们会多元化综合发展，并致力于向高新科学技术攀登，努力打造世界级高新技术企业。"

"咱们董事长周英标先生是这个行业的英雄啊！"

"不夸张地说，是这样的。我们董事长是中国文教体育用品副理事长、中国制笔协会副理事长、中国百货商业协会文专委副主任，还是上海文化用品协会副会长、汕头文具协会会长、汕头市工商联副主席、汕头市总商会副会长，还有其他，我都记不清了。"

"可见咱们董事长在这个行业具有超级影响力啊。那咱们金色万年现在每年的产值大概有多少呢？"

"产值有好几个亿了，而且我们的资产也已十多亿了。"

"航空母舰啊，这么大的盘子。"

"嘿嘿，是的。"

"周总，我再请问一下，咱们的产品出口大概能占多少比例呢？"

"其实，我们的产品大部分都是出口的，而且出口很多国家。"

"哦，是否方便说一下都有哪些国家呢？"

"出口世界各地，有西班牙、印尼、土耳其、俄罗斯、阿根廷、印度、

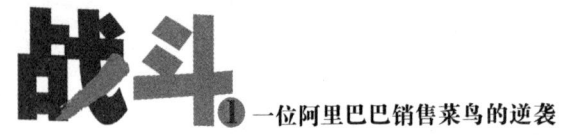

美国、埃及、沙特阿拉伯、卡塔尔、阿联酋、瑞典、巴基斯坦、波多黎各、伊朗、越南、缅甸、马来西亚等欧美、东南亚及港、澳、台等170多个国家和地区。"

"确实是够多的,另外周总,像投资五洲资源这样的外贸推广费用,到您这儿就终审了,还是要写份报告要总部审批呢?"

"我基本上就可以做主,只不过要给总部打个招呼。"

"好的,外贸推广这块从立项,到选择方案,到最后决策一般需要多长时间呢?"

"这个不一定了,快的话两三天就行了,没有预算的话,那就需要很长时间了。"

"周总,是否有可能这个月考虑一下明年的预算?您看,如果我们这个月有机会合作,中间有很多事情要做,制作、刊登、拍摄、培训等,前后加起来需要两个月左右,正式开始上线,就要到明年了,这就是时间差啊,现在正好是旺季,不如咱们快速考虑预算,如果可以,我向公司申请加急特批,这两个月的性价比会很高啊。"

"说得有一定道理,不过我还得考虑下。"

"周总,如果有可能,我下次给您引荐一下我们阿里巴巴的明星主管周秀兰,她也姓周,您看,姓周的怎么都这么优秀呢!"

"哈哈,你真有意思,周秀兰是你的领导?"

"是的,她是我老大,她可是我们阿里巴巴的明星啊,她加入阿里巴巴已经4年了，最早是在广州加入阿里巴巴的，是我们广州阿里巴巴的创始员工之一，她做销售期间是全国的销售冠军，前通用电气中国区 CEO 关明生先生，我们喊他 Savio，还给她写过打油诗呢。"

"这么厉害，改天我见见。"

"我老大平常很忙的，她现在带领的上海东方明珠团队是全国的冠军，她要经常去全国各地分公司培训、演讲，还要去杭州总部开会，我有两家客户3个月前就在约她的时间，到现在还没成行呢。"

"你帮帮忙，帮我约她一下，我想见见她，她一定有过人之处。"

"是的，她很有思想，非常善于管理和用人。"

"这样，小杨，时间也不早了，中午我请你吃饭。"

"这怎么好意思呢！"

"哎呀，跟我还客气，走。"

"那我恭敬不如从命喽！"

周德权和杨五力中午一起用餐，有说有笑，好不热闹。

杨五力回到公司后，把金色万年的详细情况与主管周秀兰做了认真的交流和汇报，双方也做了接下来的跟进计划和策略。杨五力憋了几天没有给周德权打电话，到了10月份最后一周的周一，在做好充分准备后杨五力又一次拨通了周德权的电话。

"周总，您好，我是杨五力。"

"是小杨啊，你好啊。"

"周总,有个好消息要告诉您,我老大周秀兰这两天刚出差回来,我找到她把咱们金色万年这边的情况详细地说了,她特别重视,她这几天本来要去拜访其他客户,被我好说歹说,嘴巴都说干了,她同意明天下午2点钟与您见面半个小时,周总,这个时间您能确认或者调整下吗?"

"好的,没问题,我把工作调整下,明天下午2点我在公司等你们,谢谢你,小杨。"

杨五力乐呵呵地挂完电话,感觉到周秀兰之前的培训确实有用。

第二天下午2点,杨五力和周秀兰如约来到了上海金色万年位于南昌路的办公室,周德权已经在样品陈列室等候了,同时已经把咖啡和茶水准备好了,面前放了一本大大的黑面记事本。

"周总您好,我给您介绍一下,这位就是我给您提到的我老大周秀兰。"

"周总,您好。"周秀兰赶忙满面微笑地打招呼。

"老大,这位就是我给您提到的金色万年的周总。"

"你好,周主管。"周德权也热情招呼,眼神饱含欣赏。

简单寒暄后全部落座进入正题。

"周总,五力把咱们金色万年的情况都详细地与我介绍了,我也特别佩服和欣赏咱们金色万年在文具行业的影响力,今天能够与您见面也非常荣幸。"周秀兰开门见山,高效开场。

第十一章 一鼓作气

"你客气了,周主管,我特别佩服你呢!"

"啊,周总,您怎么会佩服我啊!"

"听说你在阿里巴巴做销售的时候是全国的销售冠军,现在带的团队,叫什么来着,小杨?"

"东方明珠团队。"杨五力及时应道。

"噢,是,东方明珠团队,听说你现在带领的东方明珠团队也是全国的销售冠军,这太难能可贵了。我经常看到很多销售冠军转为销售主管后,业绩并不是很出色,甚至有的一塌糊涂,你不仅能够把销售做得如此出色,而且团队又带领得风生水起,你一定有过人之处。"

"哈哈,周总,您太过奖了。我自己是从最基层的销售员做起,能够深刻体会到从普通销售成长为销售冠军最关键的核心是什么,所以,团队里确实有不少销售冠军。"

"周主管,你是否方便分享一二呢?"

"这当然没问题了。我个人信奉一句话,就是知人善任,因材施教,这就涉及到选择人、吸引人、留住人、发展人。"

"愿闻其详。"

"选择人,就是找到适合的人,销售这个行业要求销售人员表达要流利,思路要清晰,工作要勤奋,另外销售对人的抗压力要求也比较高,那些一遇到困难、拒绝和挫折就垂头丧气,萎靡不振的人不能要,像我们杨五力这样的,天塌下来也压不垮他,这样的人最好了。"周秀兰

刚说完,大家都一起哈哈大笑起来。

"周主管对小杨的评价很高啊!"周德权朝杨五力微笑道。

"杨五力可是我们阿里巴巴的激情王子,打不倒,压不垮的。"周秀兰向杨五力竖起大拇指。

"周主管,那吸引人如何理解呢?"

"那就是公司有发展,有文化,有待遇。留住人就得靠团队和谐,团队协作,主管魅力。"

"主管魅力是什么意思呢?"

"主管魅力,我的理解是严厉不代表有魅力,威严不代表有威信。"

"这个还是蛮有深度的。"周德权赞叹道。

"谢谢,最后是发展人。发展人靠辅导,靠授权,靠激励。做主管,做领导,千万不能担当大 Sales 的角色,一天到晚跑得比 Sales 还欢那就错了,这样一方面压缩了销售的成长空间,另外一方面自己也会身心疲惫,没有时间静心思考。有句话叫做知止而后有定,定而后能静,静而后能安,安而后能虑,虑而后能得,就是这个道理。"

"周主管确实厉害。"

"谢谢,所以,想发展人,对于下属,不能不放心,不能不信任,不能不重视,下属获得最有价值的东西不是薪水,而是成长。《大学》里说:格物,致知,诚意,正心,修身,齐家,治国,平天下,我最重视诚意、正心和修身,一定要让下属意念真诚,心态正面积极,提升个人综合修养,做到了这些,成为销售冠军不是难事。"

"周主管,经过这简短的交流,你确实不简单,做管理,带团队很有系统性,很有思想,也很有高度,不愧是实至名归,名副其实的全国冠军啊。"周德权对周秀兰赞不绝口。

"谢谢周总,我想请问一下,据了解,咱们金色万年与五洲资源合作很不错,怎么会考虑投资阿里巴巴呢?"

"我们也想多获得一些客户资源,毕竟五洲资源与你们阿里巴巴之间会有些差异的。"

"是的,周总,您与五洲资源合作的时候,觉得哪些方面改变和提升一下会更好呢?"

"总体很不错,就是价格比较贵,我们投了30多万,我听说你们阿里巴巴十多万就行了。"

"我们阿里巴巴的投资也是根据客户的期望值来的,也有投资50万60万的。"

"是的,投资多,那肯定收益也好。"

"是的,周总,您刚才说五洲资源价格比较贵,还有其他方面不是很满意吗?"

"还有就是询盘比较少,服务不是很好,平常几乎没有什么电话和上门拜访。"

"周总,外贸的电子商务推广服务,靠的就是询盘的数量和质量,还有服务。有量才有质,服务不好,很难出业绩的。"

"你说得对,所以现在考虑投资你们阿里巴巴。"

"那这次投资的预算大概有多少呢?"

"这次投资的预算在15万左右。"

"好的,我回头让杨五力做个方案给您,周总,您肯定很在乎关键词搜索排名吧?"

"那是一定的,我们至少要买2个关键词搜索排名,麻烦你帮我们关注下,越靠前越好。"

"好的,另外周总,咱们金色万年也经常出国参加展会吧?"

"是的,我们每年参加5~6个国际展览会。"

"其实,周总,我们阿里巴巴除了有线上的推广,每年我们也参加100场国际展览会,在展览会现场我们会派发相应的光盘手册。"

"噢,这个情况我还不知道呢,我只知道五洲资源有行业杂志。"

"周总,我们阿里巴巴去年这个时候推出了一本行业光盘手册,在德国法兰克福办公文具展和香港礼品及赠品等展览会上累计发放了两万多张光盘和两万多本手册,性价比超高了。我自己估算了一下,如果咱们自己制作两万本手册和两万个光盘再安排人员出差到国外派发,还有机票、食宿等加起来怎么也要10万大洋吧。我们周围有不少客户通过光盘手册获得了大订单,其中不乏世界五百强的订单啊。"

"这个东西太好了,这个光盘手册需要付费吗?"

第十一章 一鼓作气

"这是我们阿里巴巴为行业的优质供应商提供的一种增值服务,这些供应商在行业内要有一定的影响力和知名度,另外在阿里巴巴的投资要在15万元左右。"

"我们的条件肯定符合的呀,现在有这个资源吗?"

"现在还没有,听说这两天会推出这个资源,我们在随时关注。"

"那太好了,周主管,这个资源一出来,麻烦立即联系我,我特别想要这个资源。"

"没问题的,周总,这个资源一出来,我会让杨五力第一时间联系您。"

"好的,那太感谢了。"

"不客气,今天我们就聊到这儿吧,先告辞了。"

"好的,谢谢。"周德权一直送周秀兰和杨五力到电梯口,热情洋溢。

在回公司的路上,周秀兰和杨五力相视而笑,心照不宣,因为他们知道,资源就在他们手里。

接下来,杨五力成功运用索要承诺三步法,签下了金色万年14.64万元的大单。杨五力一鼓作气,又一举攻下了吉爱仕办公用品和鸿满盈文具礼品公司,业绩首次单月突破20万元。

关键词：

选人。销售人员必须具备几个非常重要的特质，善于沟通，工作勤奋，抗压力强，喜欢学习，有激情等。销售团队的负责人找对人很重要，找对了人，事倍功半，皆大欢喜；找错了人，事倍功半，劳民伤财。销售团队负责人应该花80%的时间用于选择人和发展人，因为驾驭千里马的车夫要比拽拉大笨船的纤夫舒服得多。

关键词：

迂回。在销售过程中，如果在某一个点遇到困难或者障碍暂时突破不了的时候，可以适当迂回，曲线救国。在杨五力向张丽君索要上海负责人信息没有成功的时候，第一没有放弃，第二没有继续追问，而是巧妙地进行了赞美和利益关联，让张丽君得到了尊重和认可，并且觉得与阿里巴巴的合作是与自己的利益有关联的，自然也就敞开了心扉，给了杨五力上海负责人的相关信息。

关键词：

借力。借力使力不费力。当销售推进客户遇到困难或者推进缓慢的时候，这个时候可以适当借助团队和公司领导的力量，但是必须做好前期的包装和铺垫，否则借力的作用会大打折扣。借力重要，使力也很重要，平常多为团队主动付出，多为公司领导分担解忧，在你需要借力的时候，大家自然都乐于帮助你。

第十二章
破釜沉舟

杨五力在高东红和单大鹏的培训指导下，再加上周秀兰的闭门式系统化梳理以及自己几个月的摸索和积累，销售功力有了质的飞跃，在10月一鼓作气先后攻下了上海金色万年文具有限公司、吉爱仕办公用品公司和鸿满盈文具礼品公司，合同金额达到了29.28万元，一跃进入了上海销售的前5名，崭露头角。周秀兰带领的上海东方明珠团队组员施真金在10月以39.5万元的业绩夺得了上海销售的第一名，整个团队都为他高兴，大家都知道，施真金一路走来十分坎坷和不易。为了能够激励大家，上海经理杨九江邀请施真金在11月的启动会议上做心得体会分享。

11月启动会议的当晚，杨五力和大家一样准时出现在了会议现场，上海经理杨九江先就上海公司的相关数据做了分析，之后便请出了10月上海业绩前3名的人员进行心得体会分享，第三名是方宝昆，第二名是王海峰，施真金作为第一名最后一位上台分享，当施真金走上台的那一刻，全体上海销售给予了他热烈的掌声。

第十二章　破釜沉舟

施真金满面红光，两眼炯炯有神，上台之后给大家来了个热情的招呼："大家晚上好！"

上海全体销售也都充满激情地回复道："好，很好，非常好！"

"这是我加入阿里巴巴两年多以来第一次取得上海地区的第一名，这两年多来我一直为这个目标努力着，今天我做到了！"施真金说话铿锵有力，中气十足，右拳紧握，目光坚定。

此时此景，大家都为之感动，又一次响起了热烈的掌声。

施真金继续说道："近几个月公司加入了不少新的血液，请允许我再自我介绍一下吧。我叫施真金，我是具有'东方犹太人'美称的温州人，于2002年7月加入阿里巴巴公司。我之前在温州的工作属于邮政系统，偏办公室工作，是有正规编制的，更准确地说，我是一名公务员。由于我的性格属于不安分的那种，与国有企业那种做事风格和环境格格不入，我先后数次与家里人商量想辞职出去闯闯，但都遭到了父母的坚决反对，只有我哥在背后默默地为我打气。我清楚地记得，2002年6月，我整日整夜睡不着觉，我感觉我再不离开那样的环境就只有跳楼了，在得到哥哥默许之后我背着父母办理了离职手续，破釜沉舟准备来上海闯闯，但父母很快知道了这件事情，气急败坏地要与我断绝关系，所以我来上海的时候身上只有500元，因为父母一分钱也没有给我，当时哥哥也没有钱。"

说到这儿，施真金稍微停顿了下，喝了口水，可以看出施真金眼

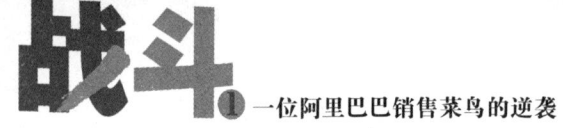

睛里已经泛出丝丝泪花。

"到上海后,我拼命地找工作,到处买报纸,到处去面试。因为钱不多,我不敢住招待所,看到中山公园长宁路大门口有几块石阶,当时是6月底的天气,晚上已经不是特别冷了,所以我就在那里将就住,不远处正好有公共厕所,早上我就去那里洗漱。"

此刻,施真金想起了心酸的往事,眼泪忍了又忍,还是忍不住丝线般掉了下来,这时杨五力在下面也有点小激动,想起了在北京的朝朝暮暮,也热泪盈眶,旁边几位小女生发出了轻微的抽泣声。

"在上海的工作确实太难找了,普通的体力活我肯定不会去做的,我辞职出来就是想混出个人样来,所以想找个比较大的公司,有发展前途的公司,所以,我到上海一个月也没有找到合适的工作,上海的交通成本也高得吓人,所以我每天的生活费只能控制在5块钱,早上一碗粥两个包子大概1块5,中午两碗粥4个包子加点小菜3块5,一共5块钱,晚上我是不吃饭的。可能是老天爷看到了我的辛苦,一个偶然的机会我发现一份招聘报纸上咱们阿里巴巴在招销售人员,是做电子商务的,我敏锐地感觉到这对我应该是个非常好的机会,而且地点就在中山公园对面的兆丰广场,我自嘲道这不就在'我家'对面吗!"施真金的幽默赢得了台下阵阵笑声。

"于是我认真地准备后,到咱们阿里巴巴面试,非常荣幸的是我的老大周秀兰和当时的经理陈星探看中了我那种不服输的性格和从邮政

第十二章　破釜沉舟

系统辞职下海想混出个名堂的决心,最后我顺利通过了。"这时施真金向坐在台下的周秀兰深深鞠躬,台下掌声四起。

"我8月在杭州集训了一个月,于9月初正式上岗,正好有位同学租的房子空了一个床位,我有幸过去将就。可以这么说,在阿里巴巴刚开始的几个月,我是十分痛苦的,我之前没有任何销售经验,而且我的心理素质不够好,客户跟进比较慢,团队也倡导前3个月一定要靠自己活下来,虽然我特别努力,但前3个月最终还是没能出单,老大周秀兰看我工作特别努力,特别勤奋,也确实想在阿里巴巴好好发展,于是向公司为我申请了一次免死金牌,我今天才有机会站在这里与大家交流。此刻,请允许我借助大家的掌声感谢我的老大周秀兰,谢谢。"台下热烈的掌声送给了明星主管周秀兰。

"在拿到免死金牌后,我认识到,如果我想在阿里巴巴长期待下来,实现我的梦想,我必须在接下来的3个月内至少签单收款一个客户,否则我就只有离开阿里巴巴了。进入12月,每一天我都特别紧张,越紧张也就越急躁,不少客户都被我逼死了,就这样前两个月也没有出单,而且祸不单行,我同事的那个床位由于有亲戚来上海,我不得不搬出来,但2月的天气很冷,我们的底薪太少,只够勉强吃饭、坐车、打电话,所以我没有钱租房子,但我也没法住在中山公园了,怎么办呢?最后每天晚上等所有同事都回去休息了,我再悄悄地来到公司,把几个凳子并在一起就在我座位旁边睡觉,所以后来不少同事每次经

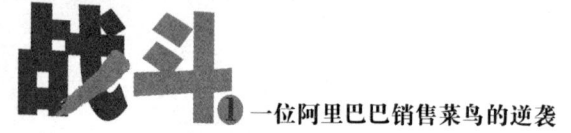

过我的座位时都要捂着鼻子,感觉味道怪怪的,因为我没有地方洗衣服。但最后,上帝还是垂青于我的,有一个山东做地板的客户,在松江,我前后去过十多次,因为这个客户一直想做,但就是犹豫不决,下不了决心,我又没有能力说服他马上做,所以每次去松江拜访客户我就顺道去坐一会儿,也不提业务,就喝杯茶聊几句然后离开,在最后一个月,我找到这位老板,明确告诉他能否帮我一把,否则我下个月就要离开阿里巴巴了,因为我前后去了十多次,他也蛮受感动的,就下定决心投资了阿里巴巴,签了一个金牌供应商,给了我一张6万元的支票,我颤抖着把这张支票放进我的记事本中,与客户告别后,我的双手紧紧握住这个记事本,一直到了公司都没有松开,我清晰地记得这一天离2月底只有5天。"施真金此时颇为激动,泪珠子刷刷地掉下来,搞得好几位女生也泪如雨下,杨五力在下面也感同身受,热泪盈眶。

稍微停顿了一下,施真金调整过来后继续分享:"等3月我拿到了公司发的提成,我老大周秀兰就不让我继续住在公司了,我就在外面租了一间500元每月的合租房,虽然离公司远些,但毕竟我自己有窝了,哈哈。然后,我的老大开始对我的业务和销售技巧进行全面的梳理,她一方面协助我制订销售技巧提升计划,同时指导我进行行业客户开发。"

"施真金,你能否分享一下你老大是如何协助你制订销售技巧提升计

第十二章 破釜沉舟

划的,同时又是如何指导你进行行业客户开发的?"下面的郑大庆着急地问道。

"我老大详细分析了我加入阿里巴巴后的工作流程和习惯,把我找客户资料、电话筛选客户和拜访客户的时间做了调整和优化,然后花了好几天的时间单独给我培训销售技能,同时又带我拜访了十几家客户,另外还指导我往行业开发方向去走。"

"能再讲细些吗?"郑大庆举手示意。

"好的,没问题。在销售技能方面,我老大帮我拆解销售流程,她把整个销售流程拆分为找到客户资料、知道关键人是谁、得到关键人的联系方式、通过电话沟通或者其他方式沟通获得与关键人见面交流的机会,见面后要会简短破冰、需求挖掘、产品介绍、解决反对意见、包装铺垫、成交技巧、索要承诺、合同收款和交叉销售等,这里面有很多环节我之前压根一点儿概念都没有,老大协助我做了一个销售技能提升计划,其中排在前面的是挖掘需求、解决反对意见和包装铺垫,我花了一个月左右的时间基本克服了这几个环节,接着又先后解决了成交技巧、索要承诺、产品介绍等环节,因为我在阿里巴巴已经有了半年多的沉淀,所以我感觉我进步很快。"

"行业开发能讲讲吗?"郑大庆继续问道。

"行业开发我是最受益的,刚开始的那半年时间我是一点儿没有重视,天马行空,毫无方向,我签了一个地板客户后,老大提醒我何不掘

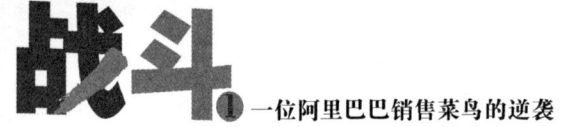

地而深挖之，于是我开始收集和培养做地板的客户，就如大家已经知道的，我签了超过十家做地板的客户了，当然除了地板，老大又指导我去开发破碎机、发电机等产品，所以，我的业绩能每个月稳定在20万元左右与行业开发是密不可分的。"

"施真金，你好，我是刚加入公司不久的王小媛，我知道你是公司业绩最稳定的人之一，你对我们新人有什么建议吗？或者能否把你的秘籍与我们分享下，嘻嘻！"刚加入公司不久的销售王小媛在下面羞羞答答、扭扭捏捏、不好意思地问道。

"秘籍肯定谈不上，我只能与大家分享我的几点感受和走过的一些弯路，最关键的几点是勤奋、客户开发、客户筛选、客户管理、客户跟进。勤能补拙，大家都明白，作为新人，刚开始没有客户积累，销售技能也非常有限，只有靠大量的拜访，大量的电话能够提高有效拜访的数量，以提高签单的几率，我刚加入公司时拜访量是够的，每天至少有30家左右的陌生拜访，但电话量不够，前3个月几乎没有打过电话，整天就像无头苍蝇一样乱飞，所以导致有效拜访特别少，后来慢慢提高了电话筛选客户的时间比重，见客户的有效率就提高了。我对咱们新人的建议：一是刚开始也应该有电话的比重，当然是拜访为主，电话为辅，因为刚开始咱们谈客户的能力还不强，产品还不是特别熟悉，或者说谈判技巧还比较差，就是要不断见客户去磨炼，不断地说，不断地讲，说上他几十遍几百遍自然就熟练了；二是关于电话销售技巧，你可以

第十二章　破釜沉舟

在咱们东方明珠的高东红打电话的时候在旁边静听，听上她十几遍应该就会了，或者你们十几位新人组织在一起盛情邀请咱们高老师给你们开个小灶，保证你们速成，行吗？高老师！"施真金满脸堆笑与高东红打趣。

"没问题，这是我的骄傲！"台下的高东红昂头挺胸，异常自信地答道。

"那太好了，我代表我们这些新人谢谢你啊高老师！"王小媛抓住机会跟随道。

"都是自家人，别客气。"高东红抑扬顿挫。

"好，我接着说，三是要有量的保证，电话我建议每天打两小时左右，如果能约到客户最好，如果约不到客户也必须出去拜访客户，每天至少跑 30 家客户吧，我是指陌生拜访，如果你已经有了一个有效拜访，那另外再陌生拜访 15 家是 OK 的，总之勤能补拙。"

"你现在还保持陌拜吗？"台下的方宝昆突然问道。

"答案是肯定的，不过现在我的陌拜方式与之前已经大有不同。以前真的是毫无目标，漫无边际，到处横冲直闯，见门就推，甚至有一次推门进去竟然是厕所，才知道走错了地方。现在我逼自己无论如何一定要约到至少两家第二天能够见面的客户，有时候晚上 8 点还差一家，我就打电话到 9 点，甚至 10 点、11 点，最晚我晚上 11 点半给客户打过电话，客户在睡意朦胧中答应了我第二天见面的

小请求，可能是被我的敬业精神所感动吧，嘿嘿。"施真金忍不住噗嗤一笑。

"为什么我要逼自己一定要约到至少两家第二天能够见面的客户呢？我的心得是可以提高有效拜访客户数。只要约好的客户地址确定了，我就在约好的地址附近通过CRM、阿里巴巴诚信通等搜索整理30家能够跟进的与外贸业务相关的客户资料，这些客户我知道了公司名称、具体地址、相关联系人的姓名和联系方式，我拜访完约好的客户后就直接上门拜访这些客户，可以直接进门找相关的联系人，也可以在对方门口直接打电话给对方说恰巧路过，进来打个招呼，一般稍微有点素养的人总会给个面子聊几句，这样就大大增加了有效拜访客户数，比过去进门之前一问三不知的做法要强上百倍。"这时，台下不约而同地响起了欢快的掌声，很显然，大家都特别认可刚才施真金分享的做法。

"那关于客户开发你有何建议呢？"王小媛继续问道。

"客户开发，我个人觉得新人第一个月不要考虑行业开发的问题，因为新人刚开始的功力不够，不过可以扫写字楼，扫工业区，现在参加展览会也是一个特别好的渠道，咱们东方明珠的杨五力就是通过文具展览会尝到了甜头，一下子锁定了几十家文具企业，目前全国最大的几家客户已经被他攻下了，其他的展览会如五金展、电子展、玩具展等，还有华交会、广交会等都是客户高度集中的渠道。"

第十二章 破釜沉舟

"关于客户筛选我有个问题,我想知道什么样的客户你会决定上门呢!你是如何通过电话去判断和筛选的呢?"另外一位同学王丽丽问道。

"这个问题问得很好,咱们东方明珠团队内部有个九星提问模型,我会通过九星提问模型搞清楚客户是否在做外贸、是否有外贸团队、是工厂还是贸易公司、是否参加过海外的展览会,再或者是否投资过别的电子商务平台等,这些问题的答案不管如何,只要客户正在做外贸或者即将要做外贸,我都积极邀约上门,因为没有那么多马上见面就能签单的客户,我还是抱着培养客户的心态,长短结合更有利于业绩的稳定。"

"如果见了很多都不成熟的客户不是都白见了吗?白浪费时间吗?"王丽丽继续问道。

"我个人认为这就是心态的问题了,我们做业务功利性和目的性不能太强,只要能见客户,你一定有某个方面的收获,你可能获得了行业知识,你可能获得了热门产品的信息,你也可能通过客户介绍认识了其他做外贸的朋友,等等,所以抱着培养客户的心态,怀着一颗爱客户的心去真心真意帮助客户成长,你的路一定会越走越稳,越走越精彩。"施真金话音刚落,台下又是一波热情的掌声,大家都被施真金的一番话所感染。

"那你提到的客户管理是有很好的心得分享吗?"安静一会儿的王

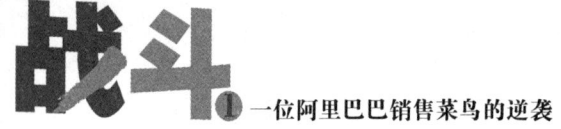

小媛又再次问道。

"关于客户管理我确实有几点心得,刚开始的时候我和大多数人一样,不重视客户管理,名片积累了好几百张,甚至上千张,有时候找张名片要花半个小时,还找不到;另外还有个问题,有些客户刚联系过,也没有做记录,结果第二天又联系了一遍,搞得客户很反感,所以后来我开始使用Excel表格来管理,我把所有特别重要,特别有价值的客户全部放在一个Excel表格里面,信息包含了公司名称、详细地址、关键人姓名及联系方式,还有邮箱和备注等,这样做以后我的效率立竿见影,我可以通过搜索找到我想找到的信息,我也可以每周更新删除不要的信息,添加新的重要的信息,更关键的是我每次更新都会把所有的信息全部打印出来,我在外面可以随时打电话与客户沟通和邀约客户,不需要专门跑回公司打开电脑再打开CRM去联系客户,那样效率太低了。我还可以在备注栏里注明客户旁边的明显建筑和标志以及路线,下次再去就特别方便,尤其是那些在工业区犄角旮旯里的客户。"

"你今天分享的内容对我们新人帮助很大,那你最后提到的客户跟进有什么特别的方法吗?"王小媛今天紧追不舍,连环炮似的发问。

"我刚加入阿里巴巴的时候跟进技巧特别差,导致前3个月都没有出单,拿到免死金牌后第二个3个月也差点没有出单,关键的问题就在跟进这块儿,一方面我技巧不够,另一方面我的心理素质不行,怕

第十二章 破釜沉舟

客户拒绝,后来,我老大重点帮我培训了关于包装和铺垫的技巧,我每次谈完客户一定会铺垫好下次的见面,有时候是送培训资料,有时候是送光盘手册的样本,也有时候是带我老大去拜访,所以解决跟进客户的问题学会包装和铺垫是最关键的。"

"施真金,我问你一个比较尖锐的问题,据了解,你的业绩一直在每个月20万左右徘徊,直到上个月你才第一次做到40万左右,拿到了上海的第一名,你能解释下其中的原因吗?"方宝昆非常严肃地问道。

"这真是一个非常尖锐的问题,这也是我要检讨的地方。在这里都是自己人,我也不虚伪了,我把钱看得太重了,格局不够、眼光不够,可能我之前太苦、太穷了,我每个月做到金牌之后就会想着如何保证下个月也能做到金牌,这样提成最高,否则就亏大了,所以我会特意地保留业绩,结果我的潜力就一直没有挖掘出来,我从咱们东方明珠团队的新人杨五力身上看到了那种绝不设限,全力以赴的战斗精神,他加入公司还不到半年就已经能做到将近30万了,他也完全可以15万放在10月,15万放在这个月,但是他没有保留一分钱的业绩,全部到账,我被他的行动感染了,相比之下我太保守了,所以上个月我也开始全力以赴做业绩,绝不考虑下个月业绩的事情,结果就拿到了上海的第一。在这里,我也呼吁大家,不要打自己的小九九,我们要打开天眼,未来的全国第一,我相信不是

50万，也不是80万，那一定是百万起步的，让我们一起为大上海争光好不好！"

"好！"在上海所有销售人员的长久的、激烈的掌声中施真金结束了自己的分享，同时，11月的启动会议也圆满结束了。

第十二章 破釜沉舟

关键词：决心

施真金作为有正规编制的事业单位的员工下定决心辞工出来闯荡确实非一般人所能做到的。正是由于有这份决心，施真金不在乎睡公园，也不在乎睡公司，因为他知道，不忘初心，方得始终。当下的施真金已经成长为身家数亿的集团老总，一是因为他是东方犹太人，更重要的是源于他有一颗屡败屡战、从未气馁的决心。

关键词：勤奋

勤能补拙。有相当比例的销售冠军未必是最聪明、最智慧的，勤奋是他们能够摘下销售桂冠的最重要砝码。阿里巴巴在创业早期雇用过很多海归、硕士、博士等精英，后期稍微震动，这些精英们便烟消云散了，真正留下来的，能够成事的还是那些以草根为主的，做事踏实的、勤奋好学的人，因为勤能补拙。

关键词：心态

一是要有培养客户的心态，二是不能有预留业绩的心态。我所接触到的很多销售冠军，可以说都有一个大大的客户池，这些销售冠军的准客户漏斗最上端足够庞大，他们对每一个潜在的优质客户都给予适当的关注，关注客户的需求，关注客户的困难，关注客户的成长，这些都做到了，时机成熟后合作便水到渠成。反观有些急

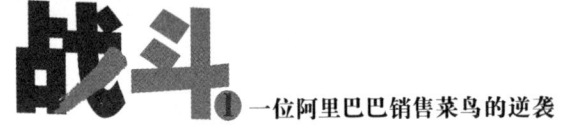

功近利的销售，恨不得所有的客户第一次上门就都能签单，不愿意花时间去培养客户，打电话筛选客户也单刀直入，直截了当，厌于去倾听客户的想法和感受，担心自己的时间被浪费，担心自己的投入没有回报，有这样心态的销售他们的业绩很容易像过山车一样，起伏不定，大起大落。出于对销售人员的激励，不少公司都推出了阶梯式佣金制度，大的原则是业绩越高佣金比例越高。阿里巴巴是上月的销售业绩决定本月的业绩佣金，也就是说一位销售人员上个月的业绩很高，但本月的业绩很低，所得佣金会比两个月业绩相当的销售差好几倍，所以说，每个月的业绩稳定是阿里巴巴每位销售人员考虑的头等大事。部分销售人员为了个人利益最大化，在当月的业绩已经达到最高佣金比例的时候，会特意将本月接下来的业绩转到下个月到账，这样就可以实现个人利益最大化。这样的做法严格来说没有对错，无可厚非，但这种做法是把双刃剑，在实现个人利益最大化的同时，容易形成瓶颈，压抑了自己潜力的发挥。再看那些阿里巴巴全国销售冠军，不遗余力，突破极限，所不断刷新的业绩纪录让人瞠目结舌，惊叹不已，这些销售冠军们哪里有保留业绩的心态呢？

第十三章
随机应变

战斗 ①一位阿里巴巴销售菜鸟的逆袭

施真金的分享给了杨五力很大的触动,相比较而言杨五力刚开始的条件要好些,至少没有睡过公园,也没有睡过公司的办公室,所以在施真金真实经历的感染下,杨五力对阿里巴巴这份事业更加投入,更加珍惜了。

这个时候,杨五力收到了公司推荐过来的一条客户信息,杨五力一看吓了一大跳——北孚电池。杨五力心想,这可是全国最大的电池企业,如果能够把这家客户签下来,那脸上太有光了,杨五力马上拨通了客户信息中对方负责人董三桥的电话。

"您好,董经理,这里是阿里巴巴中国供应商服务部打过来的,我叫杨五力,您现在接听电话方便吧?"

"方便,你说。"

"是这样的,董经理,公司让我与您联系一下,听说您这边想了解投资阿里巴巴的事情。"

"是的,不知你是否方便来我们公司介绍一下。"

第十三章 随机应变

"没问题的,您看什么时候方便呢?"

"明天上午 10 点可以吧。"

"可以的,地址就是您留下的淮海西路的地址吗?"

"是的,没错。"

"好的,明天见。"

杨五力当天抓紧时间做了一些功课,并于第二天准时赴约。

接待杨五力的是北孚电池的外贸总监董三桥和外贸经理王大伟,大家交换名片和简单寒暄后由杨五力主动开场。

"董总,王经理,不瞒你们说,我刚看到公司让我联系你们的时候,我吓了一大跳,咱们可是全国最大的电池企业呀,如果能够与我们阿里巴巴合作,我们阿里巴巴也有光彩啊。"

"哈哈,客气了。"董三桥与王大伟同时大笑起来。

"我们对阿里巴巴已经关注很久了,这次让你来主要想再了解一下产品和服务的内容,我们已经决定投资阿里巴巴了。"董三桥开门见山,直截了当。

"那太好了,这可是我的荣幸啊。"杨五力喜出望外。

"那你能否就产品和服务做一下简单介绍呢?"董三桥问道。

"好的,没问题。我们的产品叫中国供应商,主要是基于线上和线下针对我们的外贸客户向全球做全方位的推广。线上我们提供 365 天永不落幕的广交会虚拟展示厅,可以展示公司的产品,公司的场景,

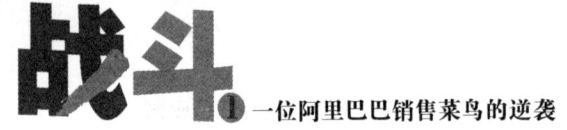

还可以展示公司的研发,设计等。

线下我们会通过各种国际展览会、商会、协会等全面推广我们的中国供应商客户。"

"我听得有点虚,你是否可以在网上演示一下呢?"董三桥问道。

"可以的,等一下,我把电脑打开,您这边有无线网络吧?"

"有的,名称是 beifu,无密码。"

"好的,谢谢。"

杨五力打开了阿里巴巴中国供应商平台的首页。

"董总,王经理,你们看,这就是我们阿里巴巴国际站的首页。一般情况下国外的买家会通过关键词搜索来寻找中国供应商,比如我现在是一位买家,我输入碱性电池或锂电池的英文,结果页面就是我们的产品中国供应商虚拟展示厅的链接。"

"这些一排一排的都是中国供应商虚拟展示厅的链接吗?"董三桥问道。

"是的,这些链接一般由公司的名称、橱窗产品的图片、产品的名称,还有橱窗产品的简要描述等构成,点击这些信息中的任意一条都可以进入中国供应商虚拟展示厅。"

"你说的橱窗产品是什么意思呢?"

"橱窗产品是买家通过关键词搜索可以找到的产品,普通的产品买家直接搜索不到,但进入中国供应商虚拟展示厅可以找到这些产品。"

第十三章　随机应变

"我们会有多少个橱窗产品？"董三桥继续问道。

"我们阿里巴巴将会为咱们北孚电池提供金牌中国供应商的服务，基础有24个橱窗产品。"

"24个太少了，我们至少需要30个橱窗产品。"

"这个没问题，我们有30个橱窗产品的服务。"

"这两者之间的价格差多少？"

"24个橱窗产品的金牌中国供应商服务是一年6万元，30个橱窗产品的金牌中国供应商服务是一年6.72万元。"

"怎么这么贵？你们阿里巴巴6万元就够贵的了，增加了几个橱窗产品要多收7200元，你们这不是抢钱吗？你们又没有多出什么成本，那些破电脑，破服务器又不值钱，我听说全球制造网才不到两万元。"坐在董三桥旁边的王大伟针锋相对。

"王经理担心的是我们阿里巴巴的性价比吧，关于性价比的问题我们等会儿一起交流好吗？"杨五力不卑不亢，有礼有节，王大伟也没再说话，表示默许了。

"杨先生，你刚才提到的关键词搜索有什么游戏规则吗？比如说国外客户怎么找到我们北孚电池呢？"董三桥又开始发问了。

"咱们北孚电池的金牌中国供应商服务开通后，我们阿里巴巴的VIP客服会为咱们打开一个专属后台，咱们外贸部的操作人员就可以开始刊登产品，每个产品都可以设置3个关键词，国外的买家就是通过我们设置的这些产品关键词搜索找到我们的。"

"噢,原来是这样,那这些产品如何排序呢?"

"关键词搜索结果页面的前 20 个产品都是可以赞助的,20 个产品以后就轮流循环排序。"

"怎么赞助呢?"

"比如说咱们北孚电池赞助了碱性电池 Alkaline Battery 这个关键词搜索排名第一名,一年 7.2 万元,那么在赞助合作期的一年内只要国外的客户搜索碱性电池 Alkaline Battery 这个关键词我们的产品就出现在第一位。"

"那如果我们赞助第 2 名到第 20 名呢?价格分别是多少?"

"第 2 名到第 10 名价格是一样的,一年 4.32 万元,第 11 名到第 20 名价格是一样的,一年 2.4 万元。"

"价格都不便宜啊。"王大伟边说边摇头,嘴巴撇了两下,杨五力朝王大伟强颜欢笑,没有说话。

"如果我们赞助第 2 名到第 10 名,那肯定是第 2 名最好。"董三桥喝了口水,往椅子后背靠了一下。

"董总,您真厉害,是这样的,因为第 2 名性价比最高,只不过碱性电池 Alkaline Battery 第 1 名到第 9 名都没有了,现在有的是第 10 名,其中第 3 名是被其他公司提前预定的,估计也不会有了。"

"你的意思是还有希望?"董三桥急促地问道。

"如果这家公司最终没有签约,应该是还有希望的。"

"那你务必帮忙关注下,另外锂电池 Lithium Battery 情况如何呢?"

"锂电池 Lithium Battery 这个关键词我详细地看了,第 1 名到第 14 名都没有了,只有第 15 名和第 20 名还有。"

"没有前 5 名我们不会考虑的,当然第 1 名我们也不会考虑的。"王大伟非常严肃地说道,杨五力向王大伟看了两眼,没有说话。

"杨先生,王经理说的是有道理的,没有前 5 名我们确实不会考虑的,那不符合我们的形象。"

"董总,电池 Battery 这个关键词会考虑吗?"

"这个关键词太宽泛,我们不考虑。"

"好的,没问题。"

"杨先生,你说的中国供应商虚拟展示厅里面除了产品展示,还有其他服务吗?"董三桥又把话题拉了回来。

"除了产品展示,我们还有其他几个重要服务,一是 360 度全景展示,二是三张场景图片,三是 30 秒钟的在线全球直播企业宣传片。我可以给您们演示下。"

杨五力找了一家电池行业的金牌中国供应商的虚拟展示厅。

"你们看,这就是我提到的 360 度全景展示,这是我们阿里巴巴花血本购买的国际顶尖技术,以一个中心为圆点,可以把企业和工厂的整个场景以 360 度旋转的形式展示出来,这个服务最大的好处就是可

以让国外的客户在线直接看到咱们企业的全貌,彰显规模和实力,怎么样,这个服务好吧?"

"还行吧。"董三桥点点头,回答道。

"三张场景图片是放在企业介绍里的,可以循环播放,这个服务最大的好处就是重点突出,比如把咱们北孚全国最大的生产车间,最牛的生产设备和最超前的专利技术放上去,保准国外的客户看到了一个都跑不了。"

"哈哈,有这么神吗?"王大伟略为冷冷地说道。

"咱们这实力和规模国外的客户哪还敢挑啊?"

"哈哈,但愿像你说的这样。"董三桥补充道。

"另外关于30秒钟的在线全球直播企业宣传片,这个服务最厉害了,不少外贸工厂就是冲着这个服务与我们阿里巴巴合作的。"

"它有什么威力呢?"王大伟不冷不热地问道。

"首先,30秒钟的在线全球直播企业宣传片可是把企业最有价值的信息集中展现,包括工厂全貌、生产车间、生产设备、技术专利、品质管控,还可以宣传企业的发展历程、企业文化、合作客户和团队规模等,老外不用到中国来就可以了解企业最有价值的信息,可以快速推进与国外的客户合作,董总,您觉得怎样?"

"你今天说了这么多,这个东西还行,挺实用的。"董三桥不紧不慢地回答道。

第十三章　随机应变

"谢谢董总的认可，另外，这个30秒钟的在线全球直播企业宣传片可以提高国外客户对我们中国供应商客户的信任，因为阿里巴巴不会作假，也不允许客户作假，国外的客户也相信阿里巴巴不会去作假，所以如果这个宣传片能够很好地体现企业的实力和规模，那么就很容易获得大订单。"

"这确实有一定的作用，拍摄和制作都是你们阿里巴巴负责吗？"

"是的，拍摄和制作都是我们阿里巴巴负责，我们有专门的视频拍摄技术团队，他们都是非常专业的。"

"这个不用另外再付费吧？"董三桥稍微提高了声音问道。

"因为咱们北孚电池是VIP金牌中国供应商，不用另外再付费。"

"好的，这就好，另外这个宣传片是否可以加长？感觉30秒有些短了，看不到什么东西就没了。"董三桥一脸轻松地问道。

"董总，这个宣传片全国的金牌中国供应商都是30秒，如果时间太长，视频容量大，反而浏览器打开会比较慢，影响客户体验，您说呢？"

"噢，也是的，这个我是忽略了。"董三桥略显尴尬。

"这个宣传片还有一个优点，就是播放量大，阿里巴巴就像媒体中的中央电视台一样，流量大，人气旺，自然效果就好。"

"你们阿里巴巴真的有那么大流量吗？听说你们国际站流量占比并不高，都是国内的流量，你们国际站如何推广呢？"一旁的王大伟又发话了。

"我们杭州总部有个国际市场部，专门负责阿里巴巴国际站在全球的曝光和引流，我们会通过邮件营销、搜索引擎、线下活动以及在全球投放各种形式的广告，等等。"

"现在阿里巴巴国际站有多少活跃买家呢？国际站的流量占比有多少呢？"王大伟继续问道。

"这个具体的数据我还真不好说，咱们可以通过全球权威的平台数据分析机构 Alexa.com 查看相关信息。"说完，杨五力打开了阿里巴巴国际站在 Alexa 上的页面。

"您看，数学比较好的人一眼就能看出我们阿里巴巴国际站在全球的影响力和流量情况。"杨五力说完把电脑屏幕推到了董三桥和王大伟中间的位置，王大伟靠近瞅了一眼没再说什么。

"那合作后你们会提供什么服务呢？"董三桥面带微笑，两只胳膊支在桌面上，双手十指相扣。

"我们的服务分为线上和线下两大块。线上一是会提供智能化后台，包括热搜关键词建议，运营数据分析，各种刊登模板等。"

"运营数据分析包括哪些呢？"

"主要包括询盘数量、询盘分布、外贸操作人员旺旺在线时间、月度产品刊登数量和产品刊登累计数量等，这些数据对于外贸团队管理有很大的参考价值。"

第十三章　随机应变

"嗯，好的，线上还有其他服务吗？"

"我们阿里巴巴国际站有个出口频道专区 http://exporter.alibaba.com，这个专区是专门为中国供应商客户提供的增值服务，里面的信息和知识可以说包罗万象，应有尽有，包括国外市场分析、行业动态、国外买家采购信息、外贸知识、成功故事等，我相信你们会爱上这个专区的。"

"哈哈，那感情好，希望这样。"董三桥喜形于色。

"另外，线上我们还会有直播或者录播的各种培训，包括后台操作、经验分享、团队管理等，我们阿里巴巴每年举办的网商大会的视频资料也会放上去的。"

"线下的服务有哪些呢？"

"线下的服务一是阿里巴巴会专门为咱们北孚电池配备一位资深 VIP 服务专员，进行一对一的服务，这些资深 VIP 服务专员至少都有 5 年以上的外贸经验，非常专业，非常细心，非常热情。她们会定期通过电话与咱们的外贸操作团队沟通，了解情况，解决问题，帮助成长。二是我这边也会定期上门回访，了解产品刊登、买家询盘和业绩成交的情况，有需要的话我和客服团队协调的事情也会及时处理的。"

"你觉得你的服务怎么样？"王大伟言语刻薄地问道。

"我的服务，我的服务好的我都不好意思说。"杨五力刚说完，董三桥和王大伟就哈哈大笑起来，杨五力这句机灵巧妙的回答极大地缓和了双方的沟通气氛。

"你厉害,以后我们也跟客户说我们的服务好的我们都不好意思说,哈哈。"董三桥继续笑。

"我们阿里巴巴在金华有位战友叫孙大圣,他每次去客户那里,很多老板都不让下属给他端茶倒水,而是亲自动手给孙大圣端茶倒水,你们知道为什么吗?"

"哈哈,不知道。"

"因为孙大圣的服务好,而且这些老板通过我们阿里巴巴国际站赚了大把钞票。我的目标就是像孙大圣一样,以后我去客户那里,我也期望老板们能够亲自给我端茶倒水。"

"哈哈,你下次来我们董总就给你端茶倒水。"王大伟不无幽默地打趣道。

"我期望你们是出于真心对阿里巴巴、对我的认可而去做的。另外关于线下服务,我们还不定期地举办各种形式和主题的网商论坛、外贸沙龙和外贸精英俱乐部等,大家在一起头脑风暴,集思广益,取长补短,共同成长。"

"好的,阿里巴巴这边的情况我们也了解了,你帮我们争取一下碱性电池 Alkaline Battery 这个关键词搜索排名的第 3 名,否则我们只会投资你们 6.72 万元的基础服务了。"董三桥总结性地说道。

"董总,我是否能问下,咱们这次投资阿里巴巴的预算有多少啊?"

"10 万以内吧。"

第十三章 随机应变

"10万,咱们可是全国电池行业的龙头企业,10万是不是有点少啊。"

"这是我们的第一笔预算,先看下效果如何,是不是真的像传说中那么好。如果我们真的获得几笔大单,明年投资50万也没问题。"

"好的,董总,那我们就一起努力,争取明年投资50万。"

"但愿如此,你回去尽快帮我们看碱性电池Alkaline Battery这个关键词搜索排名第3名是否有机会,尽快反馈。"

"好的,我会把这件事情列为我最紧急、最重要的事情,放心吧,我先告辞了。"

"好的,不送。"

杨五力离开北孚电池后,心里一阵阵窃喜,虽然这个单子不大,但这家客户是个巨大的光环,对于阿里巴巴,对于东方明珠团队,对于自己都是非常有益的,况且碱性电池Alkaline Battery这个关键词搜索排名第3名已经在他的掌控之下。

中间隔了一天,杨五力再次拨通董三桥的电话。

"董总,您好,我是阿里巴巴的杨五力。"

"杨先生,你好。"

"董总,关于上次提到的碱性电池Alkaline Battery关键词搜索排名的事情我想与您沟通下,您现在说话方便吧?"

"杨先生,关于投资阿里巴巴的事情我已经全权委托王大伟经理去处理了,你跟他联系就好了。"

"哦，是这样啊，那好吧，谢谢您，董总。"杨五力合上电话后，突然紧张起来，他担心北孚电池投资阿里巴巴计划有变，他赶紧拨通了王大伟的电话。

"王经理，您好，我是阿里巴巴的杨五力。"

"杨先生，你好。"

"是这样的，王经理，关于上次提到的碱性电池 Alkaline Battery 关键词搜索排名的事情我想与您沟通下，您现在说话方便吧？"

"可以的，你请说。"

"预定碱性电池 Alkaline Battery 关键词搜索排名第 3 名的客户也是较大的公司，对方目前还没有放弃，我正在做工作，我想与您确认一下，如果经过我的努力咱们真的拿到了这个排名，您是否可以随时配合我签署赞助合同并支付相关费用，因为这样的紧缺资源我们阿里巴巴都是系统化管理的，只有一天有效期，这也是基于公平公正，王经理，可以吗？"

"这个没问题的，你如果真的争取到了，你可以随时联系我，我一定配合。"

"好的，谢谢您王经理，与您合作真愉快，您很有卓越领导人的风范。"

"哈哈，客气了，谢谢。"

"我们随时保持联系，王经理。"

第十三章　随机应变

"好的,没问题。"

结束通话后,杨五力长长地松了一口气。

第二天上午9点钟,杨五力再次拨通王大伟的电话,热情澎湃。

"王经理,早上好,好消息来了。"

"拿到了,是吗?"

"是的,我是通过我们上海的区域经理找到了公司的高层,因为考虑到咱们北孚电池在行业的地位,以及在全国的知名度和影响力,公司高层进行了协调,把这个排名给了咱们这边,我刚刚接到杭州总部的通知,这不,刚挂掉电话就打给您了。"

"我10点钟会到公司,那你抓紧时间过来吧。"

"好的,我马上出发。"杨五力的回答干脆利落。

杨五力非常顺利地签完合同并拿到了营业执照复印件等相关手续资料,合同金额为11.04万元。

"王经理,请问一下合同款是上海这边支付还是南平总部那边支付呢?"

"合同款是南平总部那边支付,这两天会付出去的,放心吧。"

"好的,有劳您帮忙跟进一下付款的事情,谢谢您了,王经理。"

"不客气的,有事随时联系吧。"

"好的,我先回公司了,再见。"

"好的,再见。"王大伟把杨五力送到了电梯口。

杨五力回公司后,焦急等待北孚电池的合同款,两天过去了,没

有任何消息。第三天中午,杨五力接到了王大伟的电话。

"杨先生,我是北孚电池的王大伟。"

"王经理,您好,您请说。"

"关于支付合同款的事情,我们老板希望首付30%,余款全部制作完成正式上线前付清,你看可以吧?"

杨五力一听脑袋懵了一下。

"王经理,阿里巴巴是一家服务公司,不是贸易公司,我们没有首付30%再付余款的制度,全国的客户都是一次性付款的,您是否方便帮忙与你们老板解释一下,好吗?"

"不瞒你说,杨先生,我已经帮你解释过了,我们老板是说一不二的人,我不大好再说。"

"这可怎么办呢?"

"杨先生,你再想想,再向公司申请下。"

"我知道的,公司没有这样的制度,不会同意的。"

"杨先生,我这边还有事情,先挂电话了,晚些再联系。"

"好的,谢谢您,王经理。"

与王经理结束通话后,杨五力像掉进冰窟窿似的,浑身哆嗦,一筹莫展。

杨五力苦思冥想,抓耳挠腮也没想出策略来,突然他想起了30秒钟在线全球直播企业宣传片的事情,杨五力知道其实公司可以为每位

第十三章 随机应变

金牌供应商制作长达 35 秒钟的宣传片,而且不需要任何申请,杨五力当时故意留了一手,坚持强调是 30 秒钟的宣传片。杨五力认真琢磨了一会,又一次拨通了王大伟的电话。

"王经理好,我是杨五力。"

"杨先生,你请说。"

"我想与您商量下,上次我与董总和您见面交流的时候,提到了 30 秒钟在线全球直播企业宣传片的服务,当时董总和您对这个服务都特别认可,觉得特别有价值,我认真考虑了一下,以咱们北孚电池的行业地位,企业规模,发展历程等,30 秒钟的宣传片确实有一点短了,我计划向公司总部申请为咱们北孚电池制作长达 35 秒钟的面向全球直播的企业宣传片,多出的这 5 秒钟的价值至少好几万呀,对您的业务也会有很大的推动作用,不过我需要您帮忙配合说服你们老板一次性支付合同款,这样可以吗?"杨五力一气呵成。

"好吧,我去试试。"

半个小时后,杨五力接到王大伟的电话,搞定。第二天,杨五力接到了王大伟传真过来的电子汇款单,就这样,杨五力依靠灵活机动、随机应变的谈判策略,成功拿下国内最大的电池企业,为团队、为区域赢得了荣誉。消息公布后,上海区域的所有同事都为杨五力鼓掌喝彩,杨五力喜笑颜开,春风得意。

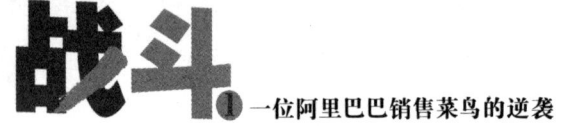
一位阿里巴巴销售菜鸟的逆袭

关键词：

灵活。在销售过程中，如果遇到比较棘手的反对意见，可以先不用一个一个去应对，可以归类先放在一边，回头再打包处理。也许这些反对意见到谈判的最后对方也没有再提，已经进入签约合作的阶段，这个时候我方也无需再次提出这些反对意见，装傻就行。

关键词：

余地。做销售就怕所有的优惠政策、促销政策全部用完，用足了，对方还有问题，我方没有腾挪的余地了。最好销售的每个环节都能留有一定的余地，遇到问题可以派上用场；没有遇到问题，主动送给对方，大家皆大欢喜。

关键词：

应变。在销售谈判过程中，一些巧妙的应答不仅可以缓和气氛，更能达到事半功倍的效果。文中提到的"我的服务，我的服务好的我都不好意思说"，"您看，数学比较好的人一眼就能看出我们阿里巴巴国际站在全球的影响力和流量情况"，这些就是巧妙的应变。

第十四章
成人之美

在拿下北孚电池后,杨五力气势如虹。在11月份,也就是杨五力加入阿里巴巴的第6个月,他在开发文具行业的同时,也积极涉足了地板、矿山机械、服装、玩具等行业客户的开发。由于杨五力的销售功力与日俱增,很快又拿下了3个客户,合同金额在20万以上。在加入阿里巴巴的第3个季度,杨五力平均每月签单4个以上,业绩平均每月达到了35万左右,已经稳稳保持在上海的前3名。杨五力的激情、成长经历和好学的精神及爱分享的习惯深得经理杨九江的认可,杨五力在上海已经成为一股不可忽视的力量,在其他区域也略具知名度和影响力。在杨五力的成长过程中,最让经理杨九江感动的是,杨五力前后3次与同事发生客户冲突,杨九江作为经理在公平公正的基础上略微偏向刚加入公司的新人,最后这3个单子都判给了其他人,而杨五力没有一句怨言,其中一个单子还是杨五力主动说让新人的,因为他希望自己经历过的痛苦其他人不要再经历了,杨九江对杨五力这种格局和胸怀极为赞赏,与那些不管于情于理都不是自己的客户还要

第十四章 成人之美

誓死力争的人形成了鲜明对比，所以杨九江已经把杨五力列为能堪当大任者之一。

进入2005年3月，比杨五力早期加入阿里巴巴上海公司的，也是东方明珠团队的马正芳开始异军突起，一路领先，业绩开始进入上海第一梯队。分析下来杨五力认为马正芳的核心优势在于赞美客户和客户转介绍，甚至她可以做到让客户把名片夹打开让她去挑去捡，这绝非一般功力可为。在杨五力的积极申请下，马正芳同意带杨五力去拜访一个客户好让他观摩自己的谈判风格与沟通思维。

这一天，马正芳带着杨五力去杨浦拜访一家做氧气钢瓶出口的客户，这家公司做外贸已经好多年了，公司叫上海海狮医疗设备有限公司，老板叫刘爱华。

到海狮公司的门口，就可以通过宽宽的透明玻璃门看到里面装修得古色古香，有浓重的文化氛围，公司玻璃大门两边各挂了一个大大的中国结，字正墨黑的喜庆春联十分显眼。前台开门踏进房间后，有3幅字画映入眼帘，一幅是苏轼的《念奴娇·赤壁怀古》，一幅是岳飞的《满江红·怒发冲冠》，第三幅是毛泽东的《沁园春·雪》，整个接待大厅绿树成荫，生机盎然，感觉像走进了小森林一般，让人顿觉心旷神怡。

在前台小姐的指引下，马正芳敲开了刘总办公室的大门。

"请进。"

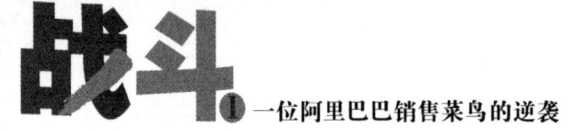

里面的人说话声音极为洪亮,让人为之一振。

"刘总,您好!"马正芳推开门边鞠躬,边打招呼。

"是阿里巴巴的小马吧,你好。"刘总起身笑脸相迎。

"刘总,我给您介绍一下我的这位同事,他叫杨五力,一定要来目睹一下您的风采啊!"

"哈哈,怎么这么客气呢!快坐,快坐。"刘总给马正芳和杨五力安排了座位并让人拿了几瓶矿泉水过来。

"刘总,马正芳好几次在团队会议上提到您,说您特别有个人魅力,而且特别善于管理,公司规模也很大,所以今天向您学习来了。"杨五力也见风使舵,说了几句客气话。

"真的客气了,我也还在发展中啊。"刘总相当客气。

"刘总,说句实话,我还没进咱们海狮的大门就已经感受到了这里面的强大气场,这里的主人一定是位文人墨客、商海精英啊,您看,果然不出所料啊!"马正芳高水平地抬高了刘爱华。

"哈哈,谢谢,你这么夸奖我,我都不好意思了,我只是比较喜欢文学而已啊。"刘爱华谦虚地答道。

"刘总,您谦虚了,您真的是实至名归啊。另外我看到您就想起了一部电视剧。"马正芳继续深度破冰。

"哈哈,什么电视剧说说看。"

"这部电视剧叫《激情燃烧的岁月》,里面有位主角叫石光荣,他可

第十四章 成人之美

是位人物啊，雷厉风行，具有将军风范，您周围是否有朋友提到您特别像石光荣呢？"

"啊哈哈，您说的还真是，确实有不少朋友说过，因为我之前也是军人。"

"我说呢，刘总，我一直觉得您有将军气概，原来您是军人出身啊，厉害。"

"哈哈，客气了，谢谢。"

"刘总，就像我在电话里与您说的那样，这次来主要想与您探讨下咱们在外贸推广这一块儿是否有合作的可行性，我这边还有几个问题想先请教您一下呢。"马正芳巧妙地话锋一转。

"没问题，你问好了。"

"刘总，您这边做外贸至少也有七八年了吧。"马正芳开始了解刘爱华的详细背景。

"整整十年喽，1995 年到现在。"

"那您是老外贸了啊，怪不得您这么资深呢！"

"还好了，刚做外贸那会儿，可没有现在这么便利，我们得通过各省市进出口总公司拿单子，为了业务，没少拉关系，做得很累，经常热脸贴到人家冷屁股上，搞得身心憔悴，不过现在好了。"

"是的，现在外贸都放开了，大家都有机会了。那您一直就做氧气钢瓶这个产品吗？"

"是的,这个产品我比较熟悉,而且有生产配套,加上国外市场需求大,所以我就一直做这个产品。"

"那咱们海狮的员工一共有多少呢?"

"我下面一共有3家公司,一家是我控股的生产氧气钢瓶的工厂,有一百多人,这边的贸易公司有三十多人,另外我还有家投资公司有八个人,全部加起来有一百五十人左右吧,我们还是小公司,与你们阿里巴巴比起来那真是小巫见大巫了。"

"您客气了,刘总,行行出状元,您在这个行业可以说是领军人物了。"

"差不多可以这么说吧。"刘总干脆也不谦虚了。

"刘总,还有一点我是特别佩服您,刚才我在外面的公开办公区域仔细观察了一下,我发现一个非常奇特的现象,外面几十号员工几乎每个人都是带着笑容工作的,而且眼神里都透露着骄傲和自信,我当时就在想,刘总是一位什么样的人物,能够把员工激励成这样,就是在阿里巴巴也没有这样的现象,在其他普通公司就更不用说了,我真的很想知道,刘总,您是怎么做到的?"马正芳从细节入手,对刘爱华的赞美真实而超群。

"哈哈,小马,这个可是大学问啊,我跟你讲一天一夜也讲不完啊。既然你提到了,我就与你聊聊我的几点最关键的感受。首先当然是以人为本,人性化管理,我有个理念,那就是扣动员工的心理扳机远远

第十四章 成人之美

胜过冷冰冰的打卡机，所以我们海狮公司从来不设打卡机和签到制度，完全以相信员工为前提进行管理，只要员工每天的工作满8个小时就可以。"

"那公司是否有规定早上一定要几点之前到公司呢？"马正芳好奇地问道。

"这个没有的，早上9点可以，10点可以，甚至下午1点也可以，没有特别强制的规定。"

"这个太厉害了，我真的是头一次听说，那是否有员工偷懒，消极怠工的现象呢？"

"可以负责任地说，没有，而且大部分人是早上9点或者10点左右就到公司了，一直工作到晚上9点10点的人比比皆是，所以在这方面，我是很自豪的。"

"这个确实太不容易了，我知道有好多老板恨不得在所有办公室装上摄像头，再监听和监视所有员工的电话和邮件，我也知道有很多公司的员工6点下班，5点半的时候就开始倒计时了，6点5分之前全部走光光，偶尔有6点半走的，还是在上厕所，或者在煲电话粥，这些与咱们海狮的情况反差太大了，刘总，您真的很了不起啊，您能不能再说说咱们海狮的员工为什么工作会如此卖力呢？"马正芳不由得惊奇地赞叹。

"这个就要涉及我想讲的第二个关键点了，就是关于企业文化的建

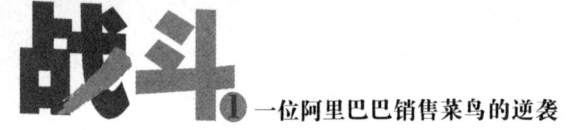

设,这可是个大工程啊,我可以讲两天两夜的,时间关系我今天只能简单提下。一是我们海狮公司有敬孝金的文化,每逢过年那个月,我们海狮公司会为每位员工出500元,然后每位员工自己再出500元,这1000元会以公司和员工的共同名义直接电汇给员工的父母,我个人再专门给每位员工的父母发去一封祝福的短信,里面包括对员工的认可以及对未来殷切的期望,这个敬孝金文化得到了家长和员工的高度认可,所以我们一直保留着,而且我们的员工非常稳定,流动量很小。"刘爱华侃侃而谈,越发尽兴。

"这个敬孝金我也是头一次听说,我接触过的企业没有看到过有这样做的,刘总,您真是高明啊。"

"你真心真意对待员工,那员工就会真心真意对待你。另外我们每个月都会评各种奖项,获奖个人都有红包,获奖团队都有团建费。"

"都有哪些奖项呢?红包和团建费有多少呀?刘总是否方便透露啊?"马正芳饶有兴趣地继续问道。

"奖项主要有月度最佳员工、月度最佳团队、月度最美笑容奖等,红包有300元,团建费1000元。"

"刘总,月度最美笑容奖是什么意思呢?"

"我们想营造一个开心、放松、和谐的办公环境,大家都知道你怎样对待别人,别人就会怎样对待你,那大家何不主动微笑呢?这样我们的办公环境不就开心、放松、和谐了吗!所以我们推出月度最美笑容奖的评选,每个月有三个名额,大家投票选,获奖者可以获得300元的红包。"

"噢,我明白了,怪不知道外面几十号员工几乎每个人都是带着笑容工作呢,哎呀,刘总,您是用心良苦啊。"

"小马,你没听说过吗,一流的企业卖文化,二流的企业卖品牌,三流的企业卖产品啊,我希望我们海狮公司不只是一家会赚钱的外贸公司,而且要是一家具有很深文化内涵的外贸公司,我在漕河泾买了两层新的办公楼,正在装修,以后你会在电梯里、员工餐厅里、公司的文化墙上、楼梯走道等地方看到大大的海报'今天您微笑了吗?'我衷心地期望公司能够形成一种微笑文化,大家相互尊重,相互激励,相互协作,这样公司才会走上良性循环的轨道。"

"听君一席话,胜读十年书,刘总,这句话真的不假呀。"马正芳对刘爱华的做法高度认可。

"谢谢。关于企业文化其他方面的做法我以后有机会再与你分享,第三个关键点是激励体系,我比较熟悉马斯洛的需求层次理论和赫茨伯格的双因素理论,我深知咱们的员工不会只满足基本的生活、安全等因素,如基本工资、五险一金、办公环境等,而是会更加重视社交、受人尊重和自我价值实现等激励因素,如代表公司参加重要组织、得到公司授予的重要称号、得到重用或升职等。基于此,我们公司有几个做法,一是公司部门负责人可以代表公司参加重要的外贸相关的商

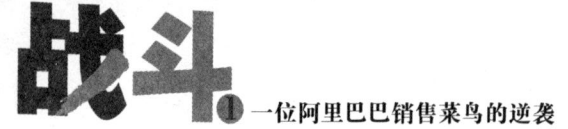

会、协会等，获得一定的头衔；二是我们在内部不定期地授予优秀员工各种头衔，如培训方面有'最佳海狮'，利润贡献方面有'最佳奶牛'等；三是我们公司有内部企业家组织，项目独立核算，公司会从净利润中按照事先约定好的梯度拿出对应的奖金给到内部企业家组织，这个起到的激励作用非常大，部分内部企业家的年收入是超过百万的，所以员工能够赚到钱，而且有成长，有发展，我也特别开心。"

"刘总，我一定要把您的情况汇报给咱们阿里巴巴的高层，您不仅是一位外贸专家，还是一位管理专家，以后有机会一定要请您出山给咱们成千上万的外贸行业的老板们上上课，他们一定会感觉到醍醐灌顶，茅塞顿开的。"

"如果有机会那当然好喽。"刘爱华气势如虹，自信满满。

"刘总，这样看来咱们的出口额每年得有好几千万吧？"

"去年做了3500万，今年期望能够过5000万。"

"这么大的出口额在这个行业肯定是排在前面了。"

"是的，未来我们的出口目标是两亿以上。"

"刘总，那么您觉得咱们海狮公司在哪些点上改善一下会有利于实现这个目标呢？"

"最主要的问题是我们目前客户量不多，不超过十家，而且都分布在中东地区，所以我有两个需求，一是我们的客户我希望有一百以上，现在同行越来越多了，所以不能只指望那几个客户。"

第十四章 成人之美

"刘总说得对,如果所有的出口额都是那几个客户产生的,现在入局的竞争对手越来越多,万一有什么闪失,那对公司的影响就太大了。"

"是的,所以我们要拓展更多新的客户,另外一个需求是我希望我们的客户能分布在更多的区域市场,如美国和加拿大、拉丁美洲、欧洲、日韩、澳新、东南亚等。"

"刘总,我听下来,您主要想在两个维度优化客户的结构,一是客户数量,二是客户分布,是这样吧?"

"你说得很对,是这样的。"

"那刘总,您除了想优化客户的结构,其他方面觉得还有需要改善的吗?"

"暂时没有了,我们的产品没有问题,价格没有问题,团队也没有问题。"

"那就太好了,刘总,您相信咱们阿里巴巴可以帮到您吧?"

"我相信的,阿里巴巴现在影响力这么大。"

"那咱们的投资预算大概有多少呢?刘总。"

"这次的投资预算有 15 万元左右吧,如果效果特别好可以再追加。"

接下来马正芳依靠对搜索排名、黄金展位的出色包装加上杨五力的默契配合,还有马正芳成人之美的赞美策略彻底打开了刘爱华的心扉,让刘爱华感受到了足够的尊重和成就感,自然对投资阿里巴巴没什么疑问了。最后马正芳一举签下了 16.8 万元的大单,拿到支票后马

正芳继续聊到:"刘总,您觉得我小马怎么样?"

"我觉得很不错,热情、专业,很棒的。"刘爱华对马正芳赞赏有加。

"我一直梦想成为全国销售的第一名,现在在上海快成为第一名了,刘总,您能否帮我呢?"

"可以呀,怎么帮你呢?"

"您是否方便把您周围做外贸的朋友信息汇总一下推荐给我呢?"

"这个是可以的,改天我把相关的名片理一下给你,好吧。"

"太谢谢您了,刘总,等我做到了全国第一一定要请您吃大餐。"

马正芳与杨五力与刘爱华告别后,两人都特别开心,同时上演了杨五力的招牌动作:"战斗!战斗!战斗!"

关键词：赞美

赞美是销售的润滑剂。马克吐温有句名言：一句赞美的话可以当我十天的口粮。每一个人内心深处都希望得到他人的认可和赞美，因为每一个人都有受他人尊重，实现自我价值的心理需求。当被赞美的人在赞美的言辞中感受到赞美者对自己的欣赏、认可和尊重，会以良好的态度回报赞美者，因而有利于沟通双方缩短距离，拉近关系，增进友谊。当然，赞美也要遵循适当、细节、准确的原则，恰到好处不过头。予人玫瑰，手有余香。

关键词：格局

能堪大任者，要有小我的情怀，更要有大我的格局。吃亏是福，礼让三分。不要在细枝末节上过于斤斤计较，讨价还价。快速打开通道，登上山顶，当你山登绝顶我为峰，俯瞰世界，一览众山小的时候，你会猛然顿悟，原来很多事情是那么微不足道。

关键词：文化

文化是大学问。普通的、失败的公司可能没有文化，但成功的、卓越的公司各有各的文化。文化不是贴在墙上的几个大字，也不是天天呐喊的空洞口号，而是公司所有的员工在内心深处高度认可的，高度达成共识的，高度自愿传承的东西。公司文化的核心不是请个

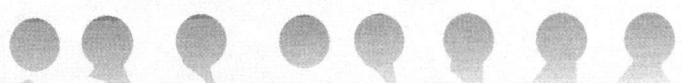

大厨来烧饭,也不是年终每人发个大红包,而是要解决公司因何而存在,要去向哪里,所有员工有何共同的行为准则,这些就是公司的使命、愿景、价值观。这些才是公司文化的核心之核心,是公司文化的 DNA。不少公司或者项目成立数年,所有员工对这些核心文化一无所知,高离职率便是很正常的事情。

第十五章
雄关漫道

马正芳独特的谈判风格给了杨五力启发，加上杨五力已具较好的功底，在接下来的客户谈判中杨五力吸收和模仿了马正芳的风格，效果显著。在杨五力进入阿里巴巴的第4个季度，已经可以平均每月签单5个以上，月度业绩已经稳定在40万左右，牢牢占据了上海的前3名。

进入5月，也就是杨五力加入阿里巴巴的第12个月，这个月的形势对杨五力更为有利，好像有什么好事要发生似的，5月中旬杨五力就已经到账30多万元，而且还有几个单子即将签订。

这时，杨五力碰到一个难题，有家叫我爱花生服装集团公司的外贸经理金必成已经签下阿里巴巴投资服务合同，说好财务部这两天会汇款过来，但是时间已经过去一周了，杨五力查了好几次都没有到账，打电话给外贸经理金必成询问原因，对方只是说再等等，再等等。杨五力突然觉得束手无策，一筹莫展，只好找到主管周秀兰咨询

第十五章 雄关漫道

对策。在听完客户的前因后果后，周秀兰说道："问题很可能在财务这边，五力，一般的中小客户只要你搞定老板就可以了，最多再给老板娘说说好话，夸她几句就行了，但是大型客户尤其是集团类型的客户就要复杂多了。如果这些大型客户或者集团类型的客户权力比较集中，旁边的影响者和反对者的权力很弱，那么这样的客户也比较容易搞定，难度和流程与中小客户差不多，只要关键人点头签字就有戏了，像你之前签的很多大客户，如中韩晨星、金色万年、乐得美、北孚电池、银光纸业、生兰体育等都属于这个类型的。难就难在这些大型客户和集团类型的客户旁边的影响者和反对者的权力很强，或者势均力敌，甚至可以直接否决，这个时候对我们来说关键人就不是一个了，有可能是两个，甚至是三四个，所以我们必须把所有关键人的问题都解决掉这样的单子才能成功，可以说要面面俱到。"

"老大，你说的什么影响者、反对者我不是特别明白，你能否帮我梳理一下？"

"好的，咱们内部之前做过一次关于大客户的培训，里面有个大客户的拜访档案，我帮你找下。"

过了几分钟，周秀兰找到了那份大客户的拜访档案，然后打印出来给了杨五力，内容如下页所示：

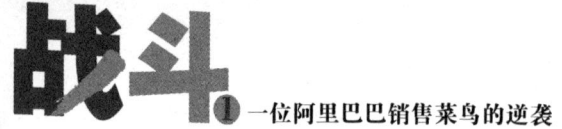

客户名称：	所属行业：
负责销售：	参与销售：

客户背景简介（行业地位、营业规模、销售模式等）：

项目KP（Key Person）组织架构图：

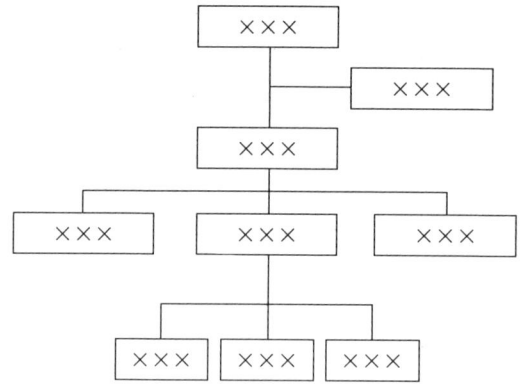

说明：此图表现了客户公司的关键人物（老总、副总、助理、市场经理、财务经理、销售经理、销售人员等）之间的上下级关系；关键人物周围可能存在一些能够影响他们决策的影响者。

项目总体目标：	项目最终完成时间点：

实现总目标的整体策略：

（续表）

策略分解与整体作战计划：
第1步：
第2步：

拜访前：情景演练拜访当前的关键人物；拜访后：总结拜访效果、感受与客户沟通过程中的优、缺点。

第一次拜访：

行动计划第×步	拜访时间：	本次拜访目的：
		1.
		2.
		3.

当前步骤的关键人物：
当前步骤关键人物的KPI/需求点：
针对当前关键人物的我方价值：
本次拜访记录：

事件概况	实施责任人	期望完成时间点
1.		
2.		
3.		

本次行动优点、缺点总结：

第二次拜访：

行动计划第×步	拜访时间：	本次拜访目的：
		1.
		2.
		3.

（续表）

当前步骤的关键人物：

当前步骤关键人物的KPI/需求点：

针对当前关键人物的我方价值：

本次拜访记录：

事件概况	实施责任人	期望完成时间点
1.		
2.		
3.		

本次行动优点、缺点总结：

第 N 次拜访：

行动计划第×步	拜访时间：	本次拜访目的： 1. 2. 3.

当前步骤的关键人物：

当前步骤关键人物的KPI/需求点：

针对当前关键人物的我方价值：

本次拜访记录：

事件概况	实施责任人	期望完成时间点
1.		
2.		
3.		

本次行动优点、缺点总结：

"五力,咱们先看一下关键人组织架构图和角色图,你根据自己了解的情况把我爱花生这家服装集团公司的组织架构图填写一下。"

杨五力很快填写好了我爱花生服装集团公司的组织架构图。

项目KP(Key Person)组织架构图:

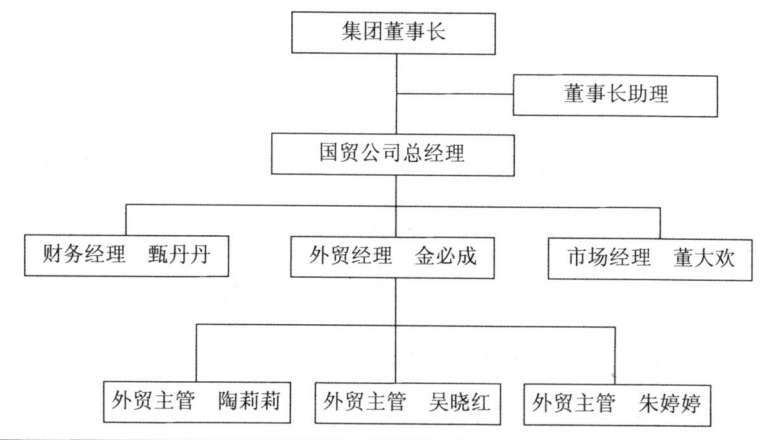

"五力,据我了解,像我爱花生这样的大型服装集团下设有很多外贸部,有的是外面挂靠独立核算的,有的则是集团直属的,这样看来,金必成这个部门是集团直属管理的。"

"老大分析得对,我也是这么认为的。"

"根据目前的组织架构图,集团董事长一般不管事的,都是总经理负责制,不过总经理每年都会给外贸部门一定的推广预算,但这些推广预算外贸经理不能自己全部做主,总经理授权了财务经理和市场经理进行监督,也就是说外贸经理发出预算使用申请,如果市场经理和

财务经理都回复同意了,那这笔预算就能使用了,在年度预算范围内总经理是不需要批复的。"

"那现在的问题出在哪儿呢?"

"很明显,财务经理和市场经理都有可能,不过根据你反馈的信息财务经理甄丹丹可能性比较大,五力,你要知道大型公司的人事关系要比小公司复杂得多,甚至有的大公司搞办公室政治,员工都得选择站队,各个部门之间存在着权力和利益的争夺。这家客户我个人认为外贸经理金必成可以定位为决策者的角色,但财务经理甄丹丹和市场经理董大欢一定是影响者,几位外贸主管是执行者,下面具体的销售人员是使用者,但是有一点你不要忽略了,几位外贸主管和销售人员有可能也是反对者,我遇到过这样的案例,下面的主管或销售人员在之前的公司由于各种原因对阿里巴巴的体验不好,结果集体反对公司投资阿里巴巴,转投了其他公司,所以千万不要忽略基层力量,千万不能。"

"基层力量,这个我还真一直没有重视过,总觉得老板定下来就行了,以后我必须重视。"

"是的,基层关系搞好,就是这些人不在原单位了,去了其他公司可能又是你的新客户。"

"明白了,老大,我以后会倍加重视的。"

"五力,这个客户的策略和行动计划就比较简单了,通过外贸经理金必成拿到财务经理甄丹丹的联系方式,然后邀约上门,见面三分情,面对面才

第十五章 雄关漫道

比较容易知道事情的深层次原因，最好知道对方大概的年龄或者家里是否有小孩什么的，买些礼物过去，咱们中国是人情社会，你对人家尊重，你对人家客气，你就比较好办事。"

"好的，老大，我今天就去办这事儿，谢谢老大。"杨五力异常兴奋，像在沙漠中找到绿洲一样，又一次上演了他的招牌动作："战斗！战斗！战斗！"

杨五力通过外贸经理金必成很容易拿到了财务经理甄丹丹的联系方式并成功邀约见面，杨五力另外通过金必成得知甄丹丹32岁左右，有个5岁的儿子。

第二天上午一大早，杨五力去水果店买了100元的水果，又在隔壁儿童玩具店买了一件价格不菲的益智玩具，然后急冲冲地奔向我爱花生服装集团公司。

上午9点，杨五力准时叩开了甄丹丹办公室的大门。

"请进。"里面传来一位女士甜美柔和的声音。

"早上好，甄姐！"杨五力刚推开门还没看到人便迫不及待地喊道。"不介意我喊您甄姐吧！"杨五力喜笑颜开地说道。

"没关系的，这样喊亲切。"甄丹丹为人很客气。

"甄姐，我来得急，也没带什么东西过来，这些水果和这个益智玩具是我的一点儿心意，还望您不要嫌弃啊！"杨五力边说边把水果和益智玩具放到了甄丹丹的办公桌旁。

"哎呀,你看看,人来就行了,还带什么礼物呢!搞得我都不好意思了。"甄丹丹很是客气。

"甄姐,这是应该的,其实我都拿不出手啊。"

"你客气了,小杨,快坐,你是喝咖啡还是喝茶?"

"见到您特别高兴,甄姐,我就喝杯咖啡吧。"

"好的,你稍等。"甄丹丹出去为杨五力冲咖啡去了。

过了一小会儿,甄丹丹端着一杯热腾腾的咖啡走进来。

"小杨,真不好意思,刚才忘了问你喜欢喝拿铁还是卡布奇诺了,我给你选的是拿铁,不知是否合你的胃口呢!"

"甄姐,我最喜欢喝拿铁了,怎么这么巧呢!"

"那就太好了。"

"甄姐,这座楼都是咱们我爱花生集团的吗?"

"是的,这座楼全是的。"

"哎呦,那整个集团得有上千人吧?"

"我们集团全部加起来有两千多人。"

"两千多人!这可是个大公司啊。"

"是的,我们在业界算是龙头吧,我们除了服装,还有房地产、金融业务。"

"还有房地产和金融业务,我还真没了解这么细啊,这说明我的功课做得不够啊!"

第十五章 雄关漫道

"小杨,你客气了,你做得已经很好了。"

"那甄姐,咱们我爱花生集团一年的产值怎么也有好几十亿了吧?"

"去年就过了 100 亿了。"

"这么厉害,咱们是哪年成立的呀?"

"集团 1995 年就成立了,已经超过 10 年了。"

"那是蛮久了,甄姐,您在这家公司时间也不短了吧?"

"我 2000 年加入的,满打满算也 5 年了。"

"也是老员工了,甄姐。"

"也还好吧。"

"听说甄姐有个宝宝 5 岁了,已经读大班了吧?"

"目前是中班,再开学就大班了。"

"那以后在哪儿上小学呢?"

"就在徐家汇的汇师小学。"

"汇师小学,噢,那里可是富人区啊,甄姐,您老公一定是商界巨贾吧!"

"哪里呀,他是世界五百强在中国的一位高管,薪水比较高而已。"

"真的好羡慕您啊,甄姐,你们俩郎才女貌,宝宝可爱,多幸福的一家人啊!"

"啊哈哈,谢谢你,小杨,你真会说话。"

"甄姐,我之前与咱们的外贸经理沟通过,金必成经理对您特别认可,

说您是一位特别资深，特别热情，也特别开明的财务专家，今天所见，果真如此啊。"

"过奖了，金经理的事情我是很清楚的，之所以我一直没有批复是因为预算的问题。"

"甄姐，您是说金经理申请这笔支付给阿里巴巴的款项主要是因为预算的问题，是否还有其他的问题呢？"

"没有了，确实是预算的问题，金经理的预算今年用得太快了，现在还不到半年预算就已经用掉70%了，而且准备支付给你们阿里巴巴的金额也不小，快20万元了，所以我得协助公司控制一下。"

"甄姐，以前的年份上下半年各会用掉多少预算呢？"

"以前下半年占得比率高，大概在75%左右，因为国外的展会主要集中在下半年。"

"好的，我明白了。之前我与金经理沟通过，他的思路是大幅提高电子商务的推广预算，然后削减海外参展的频率，不知甄姐对电子商务怎么看呢？"

"我总觉得各有利弊吧，面对面聊得透，网上都不熟悉，信任有个过程。"

"甄姐，您很厉害呀，说得相当专业。因为我在这个行业好几年了，接触的客户比较多，我有几点感受想与您分享不知是否可以？"

"没问题呀，你说好了。"

第十五章 雄关漫道

"据我了解现在的买家在展会现场得到报价后不会马上就下单,一是要到处转转以获取更多的报价,比一比;二是晚上回到酒店后会通过电子商务发送大量询盘,目的是获得更多的报价,商人都是唯利是图的,成本越低越好喽,尤其是大单子更是这样;另外据权威部门预测,以后出国参加展会的买家会呈下降趋势,原因很简单,现在通过电子商务可以完成所有的采购需求,干嘛要千里迢迢,劳民伤财呢!而且可以节约不菲的交通、食宿成本。所以说,甄姐,如果咱们我爱花生集团不大力投资电子商务会吃大亏的,搞不好咱们的新老客户都会被竞争对手挖走,那损失就太大了,有句话怎么说来着,没有远虑必有近忧啊,甄姐,您说呢?"杨五力巧舌如簧,一气呵成。

"小杨,听你这么一说,我觉得真是挺有道理的,那好吧,小杨,你今天真没有白来,我明天就安排把款汇过去,希望你能把我们的服务做好,帮助我们成功啊。"

"甄姐,您放心,咱们一定会成功的!"

离开财务经理甄丹丹的办公室,杨五力从未感受到的轻松和自信自下而上油然而生,不由得脚步加快了,轻飘飘地,待到远离我爱花生集团稍远的僻静处,杨五力情不自禁上演了已经在公司内部颇具影响力的招牌动作:"战斗!战斗!战斗!"

甄丹丹兑现了自己的承诺,杨五力在第二天下午查到了来自我爱花生公司的汇款,这样杨五力在5月以50多万的业绩一举夺得了上海

一位阿里巴巴销售菜鸟的逆袭

的第一名，同时也杀进了当月全国的前3名，为上海赢得了荣誉。

这个时候，喜讯传来，周秀兰所带领的东方明珠团队由于一贯超出公司的期望，她已经被公司提升为杭州区域经理。而在这紧急需要用人的时刻，上海经理杨九江选中了全面发展的杨五力来接管东方明珠这面大旗。至此，杨五力在阿里巴巴的销售生涯宣告结束，开始担任销售团队管理成员，对他来说，这是雄关漫道真如铁，而今迈步从头越。

欲知杨五力在销售团队管理方面的表现，敬请关注《战斗2》。

关键词：专业

大客户的关键人见多识广，所以对销售人员的要求会很高，这就要求销售人员必须提高自己的专业度。小到自己的穿着、谈吐，大到对行业、政策、产品的深度了解。对大客户的销售考察的核心不是销售技巧，而是资源整合的能力，项目运营的能力，公关突破的能力。

关键词：架构

大客户的销售要善于从客户的组织架构图中判断出决策者、影响者、使用者、反对者等，从而才能制定相应的跟进策略、谈判策略和公关策略等。期间要注意对客情的把握，在与每一位关键人保持良好沟通和客情关系的基础上，要注意平衡各关键人之间的权利和利益的冲突，这一点拿捏起来需要深厚的功力，必须做到察言观色，灵活机动。

关键词：功力

功力的深度决定业绩的高度。杨五力能够成功攻下我爱花生服装集团公司，能够顺利拿下甄丹丹，是杨五力经过前后长达一年的摸索、积累、学习、成长，由量变到质变的集中体现。到了这一刻，杨五力能够做到独当一面，随机应变，是源于功力的沉淀和深度。学无止境，杨五力接下来将面临更大的挑战，如何与多位比自己加入公司更早的下属相处，如何赢得这些下属的认可和配合，如何带领这些下属成为阿里巴巴中供铁军屹立不倒的一面大旗，敬请期待《战斗2》。

后 记

当本书的写作还剩下最后一章的时候，莫名的兴奋不断膨胀。当画完这本书最后一个句号的时候，刹那间如释重负之感涌遍全身，几年以来的冲动和心愿终得实现。回想到无数个夜晚奋战到凌晨一点；回想到无数次在星巴克咖啡因的刺激下奋笔疾书，废寝忘食；再回想到无数次在火车上、地铁上争分夺秒，目不转睛地通过手机写作，此刻，男儿有泪不轻弹，只是几滴欲沾巾。

在这里，我有几个问题还想与大家交流一下：一、书中所提到的所有人物都只是成千上万阿里铁军的代表，不特指哪一个人；书中所提到的客户也都只是成千上万阿里客户的代表，不特指哪一个客户；二、由于篇幅的限制，发生在不同人物或客户身上的真实场景案例可能会通过单一人物或客户集中体现，目的是想实现简单高效；三、书中所传达的更多的是一种思想和理念，期望阅读此书的广大朋友能够举一反三，触类旁通，如果能够做到升级改造，精益求精那是再好不过，求之不得；四、大家若有非常经典、成功的、有说服力的场景案例可以发到我的邮箱：alibaba2517@hotmail.com，凡是被选中的案例将会在《战斗2》中出现，案例提供者将会以联合作者的身份在《战斗2》封面体现。

后记

最后，衷心祝愿这本书能够帮到广大从事和爱好销售及管理的人们，祝福大家生意兴隆，芝麻开花节节高。

张永钢

2015年7月

微人脉

杨子江
书中人物：杨九江
个人介绍：远航纵横科技联合创始人
个人邮箱：yangzj@clubank.com

周义兰
书中人物：周秀兰
个人介绍：胡来艺术网联合创始人&COO

个人微信号

单鹏
书中人物：单大鹏
个人介绍：艾德思奇品牌广告部总经理

个人微信号

高静红
书中人物：高东红
个人介绍：自由投资人

个人微信号

施正金
书中人物：施真金
个人介绍：上海玺胜投资管理有限公司董事长，从事股权投资、管理软件、电子商务

个人微信号

微人脉

那志
书中人物：那远志
个人介绍：上海风马管理咨询有限公司联合创始人

个人微信号

王峰
书中人物：王海峰
个人介绍：汉登实业（上海）有限公司总经理

个人微信号

郑庆
书中人物：郑大庆
个人介绍：永利宝金融合伙人 & 运营总监

个人微信号

夏正玉
书中人物：夏灵玉
个人介绍：上海星亮文化传播有限公司 CEO

个人微信号

马灵芳
书中人物：马正芳
个人介绍：自由投资人

个人微信号

微人脉

高芮希

书中人物：高希希
个人介绍：六艺星空（北京）文化传播有限公司
　　　　　星空琴行人力资源总监

个人微信号

王媛媛

书中人物：王小媛
个人介绍：杭州那天以后民宿客栈主

个人微信号

方堃

书中人物：方宝昆
个人介绍：晒美网络科技创始人
　　　　　Play+ 创始人

个人微信号

杨红力

书中人物：杨五力
个人介绍：58 安居客武汉新房总经理

个人微信号

周育标

书中人物：周英标
个人介绍：上海金万年实业发展有限公司董事长、广东金万年文具有限公司董事长、中国文教体育用品副理事长、中国制笔协会副理事长、中国百货商业协会文专委副主任、上海文化用品协会副会长、汕头文具协会创会会长、汕头市工商联副主席、汕头市总商会副会长、汕头市第十二届政协委员、汕头市进出口商会副会长

个人微信号